汤姆·斯威夫特和他的空间前哨站

【英】维克多·阿普尔顿Ⅱ　文
燕锐锋　等图
刘庆双　等译

江西·南昌
江西科学技术出版社

图书在版编目（CIP）数据

汤姆·斯威夫特和他的空间前哨站 /(英) 维克多·阿普尔顿Ⅱ文；燕锐锋等图；刘庆双等译. -- 南昌：江西科学技术出版社, 2018.3（2024.1重印）

（汤姆·斯威夫特丛书）

ISBN 978-7-5390-5886-3

Ⅰ.①汤… Ⅱ.①维… ②燕… ③刘… Ⅲ.①儿童故事 - 英国 - 现代 Ⅳ.①I561.85

中国版本图书馆CIP数据核字(2017)第049472号

国际互联网(Internet)地址：http://www.jxkjcbs.com
选题序号：KX2016053
责任编辑：饶春垚
特约编辑：熊玮

汤姆·斯威夫特和他的空间前哨站
TANGMU SIWEIFUTE HE TA DE KONGJIAN QIANSHAOZHAN

〔英〕维克多·阿普尔顿Ⅱ 文；
燕锐锋 等图；刘庆双 等译

出版发行	江西科学技术出版社
社址	南昌市蓼洲街2号附1号
	邮编：330009 电话：（0791）86623491 86639342（传真）
印刷	三河市嵩川印刷有限公司
经销	各地新华书店
开本	700mm×1000mm 1/16
字数	114千字
印张	11
版次	2018年3月第1版 2024年1月第2次印刷
书号	ISBN 978-7-5390-5886-3
定价	39.00元

赣版权登字-03-2017-61
版权所有 翻印必究
（赣科版图书凡属印装错误，可向承印厂调换）

前言 QIANYAN

　　人总是离不开阅读，特别是在现代化信息时代，阅读无疑更是我们难求的一片宁静港湾，让我们有机会去感受、去体悟、去反思、去认证我们的这个世界和未来的世界。

　　科幻小说是一种起源于近代西方的文学体裁，在尊重科学结论的基础上进行合理设想后形成的文学作品，具备"逻辑自洽""科学元素""人文思考"三个要素。科幻小说与一般的传统小说不同，其特殊性在于它与科学技术的发展有着直接的联系，能让读者间接了解到科学原理。但它又是一种文艺创作，它扎根于社会现实，反映社会现实中的矛盾和问题，在科学技术发展的方向上，提供若干有参考价值的预见。有时，某些科学发明尚未出现，科幻小说里则已经进行生动的描绘，如潜水艇、机器人和宇宙航行等。

　　著名文学评论家布哈伊·哈桑曾说，科幻小说可能在哲学上是天真的，在道德上是简单的，在美学上是有些主观的，或粗糙的，但就它最好的方面而言，它似乎触及了人类集体梦想的神经中枢，解放出我们人类这具机器中深藏的某些幻想。

阅读科幻小说至少让我们有如下的感受：

一、文学的轻松愉悦

科幻小说的主题非常明显，它会涉及"未来"和"未知"、"科学"和"规律"、"生命"和"文明"、"生存"和"冒险"等等，每一本科幻小说都是一个全新的世界，每一次阅读都是一段全新、充满惊喜的精神旅程。

二、科学与严谨的想象

爱因斯坦说过，想象力比知识更重要，因为知识是有限的，而想象力概括着世界上的一切，推动着进步，并且是知识进化的源泉。通过阅读科幻小说，感悟其中的想象力，在人文、哲理的思索上，在思想道德意识的增强上所起到的作用是潜移默化的、是发散性的，其威力是不可估量的。

三、引发科学与理性的思考

科幻小说中的"科学方法"是一种有系统地寻求知识的程序，涉及"问题的认知与表述""观察与实验搜集证据""假说的构成与测试"。简单地说就是一个科学理论要经过观察、解释、预测、确认、评估、发表的程序，才能从一个假设发展成原理。科幻小说的"理性思考"就是遵从客观规律、进行逻辑分析的思考方式。

《汤姆·斯威夫特》系列曾是国外流行的科普小说，书中很多的科幻内容今天都已经变成了现实，它曾影响了几代读者，它伴随了很多人的成长。现以中文出版此书，相信书中的情节与科学，也会给中国读者带来同样的快乐体验。

目录 MULU

第一章　天空之险…………………………………… 001

第二章　猩猩人……………………………………… 007

第三章　法庭上的战争……………………………… 016

第四章　神秘的警告………………………………… 023

第五章　零引力室…………………………………… 031

第六章　一起度假…………………………………… 041

第七章　奇怪的脚印………………………………… 048

第八章　来自海上的困境…………………………… 057

第九章　冒险的营救………………………………… 063

第十章　赢得电压战………………………………… 070

第十一章　让人惊讶的新闻………………………… 077

第十二章　飞　人…………………………………… 082

第十三章　险胜的投票……………………………… 093

第十四章	吓坏的当地人	100
第十五章	囚　徒	106
第十六章	海上漂泊	113
第十七章	藏匿滨海区	120
第十八章	致命的骗局	127
第十九章	轨　道	133
第二十章	被抓的人说话了	137
第二十一章	火箭发射	142
第二十二章	神奇的轮子	148
第二十三章	看不见的突袭者	153
第二十四章	水下的危险	159
第二十五章	天空中的前哨站	166

第一章　天空之险

"不要这样弄，汤姆！我们会爆炸的！"巴德·巴克利以好朋友的身份警告他，汤姆·斯威夫特将巨大而银光闪闪的"蓝天女王"不断驶向高处，进入了平流层。

"放松点儿，巴德，飞机可以承受住的。"这个高个子的年轻科学家说。他的眼睛深陷，正盯着设备控制面板。

现在是正午，汤姆把这个巨大的喷气飞机向上拉到了他敢于拉到的最大高度，想测试一下他的最新发明——他的太阳能电池。

在整个飞行中，巴德一直在密切关注压力表。这个黑头发的副驾驶知道：随着飞机外空气越来越稀薄，飞机内的压力会加大，飞机很容易爆炸。

这个18岁的年轻发明家还在让飞机爬升，巴德皱起眉头。"不能说我没警告过你！"他紧张地小声嘟囔着，"如果这个飞机在我们眼皮底下爆炸，我们甚至都不能——"

没等他的话说完，飞机剧烈地摇晃了一下，随着一声沉闷的金属牵拉声，两个年轻人差点被从座位上甩出去。

"什么东西击中了我们？是陨石？"巴德喘着气说。

"涡流区！"汤姆回答说。这个巨大的飞机从头到尾都颤抖着。

飞机剧烈地翻转着，两个年轻人尽最大的努力控制住飞机。

"我们最好还是下降一些。"汤姆打定主意，他开始收住油门，减少向前的推力，然后驾驶飞机向着地球方向飞去。飞机在天空划着很大的圈子。汤姆对他的这个原子能动力的飞机充满信心，它能够实现垂直爬升和下降。这个巨大的三层蓝天女王配有完整的飞行实验室，是汤姆最大的一个发明。

下降了几千米后，飞机到达了平稳的安全气层，汤姆打开开关，将能量注入喷气推举器中，飞机马上处于水平状态，就像悬挂在平流层中。

两个驾驶员对视着双方，都松了一口气。"我说呀，哥们儿，以后可别再这样吓唬我了，"巴德咧开嘴笑了，"我的血管受不了。"

"对不起。"汤姆看着巴德也笑了，"你知道，在高空中我们非常容易卷进那个魔鬼气旋中。"

"风速达到每小时300千米时，我一定会爆炸了，"巴德认真地说，"你觉得我们这个破飞机还能保持完好？"

"我最好确认一下。"

汤姆检查了所有的仪表，然后去检查其他船舱中压点。他回来后说，蓝天女王经受住了，没有一点儿破坏，巴德提示汤姆说："有一个天空幽灵在那里跳着呐！在十点钟的位置上是什么东西？"

第一章 天空之险

汤姆向左侧看了一下，发现一个大的银色气球在不远处飘荡着。

"一定是气象气球，"汤姆眯起眼睛，"但我还不能确定。"

巴德好奇地看了汤姆一眼说："你心里在想什么呢，机长先生？"

汤姆举起了一个双筒望远镜，对准气球后回答说："气球下面有个大箱子，看起来不像是用来发射天气信号的无线电高空探候仪，我们靠近一些看看。"

巴德缓缓关小喷气推举器，让飞机向前滑行，然后他来了一个急转，让飞机侧身飞行，蓝天女王接近了这个物体。气球突然改变方向，在飞机的气流中迅速飘走了。但是巴德最后还是让飞行实验室接近这个物体，保持在二十米的范围以内。

巴德用喷气推举器保持飞机漂浮的状态，汤姆观察这个物体。"有什么发现？"副驾驶巴德问。

"这不是一个气球，一定不是。"

巴德接过望远镜，看着这个奇怪的东西，然后放下望远镜，一脸不解的样子，问道"你说得对，但到底是什么呢？"

"巴德，这个气球可能是用来做太阳能电池试验的。"

"什么？"巴德和年轻的发明家惊讶地相互看了一眼。

"这只是一个猜测，但是箱子外面的设备看起来有些像。"

"高速火箭就是一个例子，在你把你的产品投放市场前，就有人先于斯威夫特企业集团一步了！"

汤姆懊悔地耸了一下肩："没有法律反对竞争呀。"

"你觉得是谁发射的这个气球呢？"

"我也搞不清楚，"汤姆回到控制台前，"好吧，不管是谁，我都希望他能成功。"

这个大气球慢慢地上升，漂到了平流层的高度，然后毫无预兆就爆炸了，碎片炸落在汤姆的飞机上。

设备箱子快速下落，但几分钟过后，它张开了一个小的降落伞，然后慢慢地落到了地面上。

"喂，我们追上去！"巴德激动地说，"非常可能，我们能弄明白你的预感是否正确。"

汤姆摇了一下头说："做实验的那个人一定会用信号跟踪气球的，他们一定会做好了回收箱子的准备。不管怎么说，这是人家的实验。"

"也许你是对的，"巴德失望地说，"那我们去哪儿呢？"他接着说。汤姆给蓝天女王加速，飞机来了一个陡升。

"我们还是到楼上检查一下我们自己的实验吧。"年轻的发明家回答说。

"一定要注意，不要把我们带到那个晃动的地方了，"巴德轻轻地笑了一下。"我得稳定的时候读数据。"

高度计的指针又要接近了25500米的标定点了，这时已经离开涡流区很远了，一切都很平静。

汤姆把飞机设定为自动平稳状态，然后对副驾驶说："注意观察周围物体，我去舱板上看一下数据。"

搭起一个小的钢梯，汤姆爬上了天文观测舱。这是位于驾驶舱后上方的一个透明的圆顶空间，用来观测和长途飞行的导航。

汤姆的新型太阳能电池已经安装在这个圆顶的空隙上，暴露在太阳光线下。高空的光线要比地球表面上强得多，这里没有浓厚的大气层。电池的导线连着一个电压表和其他的一些电子设备。

年轻的发明家回到驾驶舱后,失望地皱着眉头。

"出什么事儿了?"巴德试探地问。

"电压表的指针数很小。"汤姆若有所思地说,用手抓着自己短寸头。

"这是什么意思?"

"意思是电池的蓄电效率还得改进,换句话说,电池可以充电,但不能储存电。我得试试别的方法。"

"也许你也应该像别人一样放一个试验气球。"巴德建议说。

汤姆咧嘴一笑说:"我们会做一个更好一点儿的,然后用一个实验火箭把它送上天空,我觉得高能量电池的最佳实验区应该是在平流层以外。"

"我不太明白,"巴德不解地说,"你想怎样制作呢?你不能每次都用火箭吧?"

突然,这个副驾驶声音变小了,他盯着他的朋友看,认为汤姆所说的问题容易解决。

"我有一个想法,天才的年轻人,你没有想到在宇宙中建一个实验室吧?在这里直接生产电池!"

汤姆点点头,说:"非常正确,爸爸和我很长时间以来就讨论建空间站,我们两个都认为这是可能的。"

汤姆刚要记下刚才想起的一个个方程式,巴德大喊一声:"汤姆!一个导弹正朝我们飞来!"

第二章　猩猩人

这个奇形怪状的物件飞向蓝天女王。汤姆马上行动起来,猛地冲了过去抓住了控制面板,砰的一声打开了节流阀。

飞机像闪电一样俯冲,几乎就在同时,那个奇怪的东西呼啸着从上面飞过。汤姆慢慢地拉起俯冲的飞机,用喷气推举器将其稳定下来。

巴德面如死灰,吸了一口气说:"干得不错,汤姆,嚯!我刚才以为我们完蛋了!这是导弹吧,对吗?"

"我想应该是,"汤姆同意巴德的看法,"我只看清了它亮黄色的弹头。"

巴德紧张地擦着额头上的汗。"哥们儿,今天这块天空很拥挤呀。"他强挤出一点笑容,"我们应该提前预订个空间就好了。"

汤姆皱着眉头,说:"我想知道那枚导弹是不是有意向我们发射的。"

"是向我们发射的!我在想,这是谁发射的导弹?"

"我不知道,但是我们迟早会弄清楚的。"汤姆打开了无线电。

在等待设备启动的时候,他思索着这个奇怪的导弹,这与爆炸的气球有什么关系吗？蓝天女王就是他们故意攻击的目标吗？如果是这样的话，这样的攻击绝不是一次。

自从飞行实验室建好以来，汤姆一直受到火箭导弹的攻击：还有一次，他正在用他的原子地面爆破钻勘液态铁时，有一枚导弹向他射来。

无线电里的随机噪音让汤姆回到了现实，他迅速和基地取得联系，基地有一个专门的小组正在用雷达监视着汤姆的飞机。

"你刚才在观测仪上发现一个新的光点没有？"他问。

"我们看到了，汤姆，有什么问题吗？"

汤姆做了解释，然后说："请记住光点的弧线，如果可能，就跟踪这个导弹。让通讯办公室呼叫我爸爸，我想和他讲话。"

"收到！"

一会儿，老斯威夫特的声音传了过来："有什么情况吗，儿子？你的太阳能电池有进展吗？"

"还需要再改进一下，"汤姆汇报说"但这不是我要汇报的事情，爸爸，我们刚才和一个导弹擦肩而过。"

"什么！"

"我知道这听起来有些令人难以置信，但这是真的，我想你可以给首都打个电话，看看政府是否有发射导弹的记录。"

"是个好办法。"斯威夫特先生同意儿子的想法。

汤姆和爸爸又谈了一会儿后，挂断了电话。他和巴德接下来又做了一些太阳能电池的试验，然后飞回到斯威夫特企业集团。汤姆和爸爸在条件不太好的空间实验站中搞出来这个发明，老的斯威夫特建设公司也加入了进来，这个公司原来是由斯威夫特先生创办的。

第二章　猩猩人

企业集团工厂四周被围了起来，里面有纵横简易飞机跑道，厂区是现代化的公寓式建筑，在早春午后的阳光里显得非常情亮。

汤姆把蓝天女王降落后，他把飞机交给机械师，让他把飞机停在飞机库里。然后两个人向办公主楼走去，这里有汤姆和爸爸共同使用的一个宽敞的私人办公室。

特伦特小姐，是一个工作效率非常高的秘书，抬起头对汤姆和巴德笑了笑说："斯威夫特先生说，你们回来后马上去见他。"

巴德跟在汤姆的后面，快速来到了私人办公室，房间大而明亮，里面的家具都很现代，在一个长而光滑的桌子上有一个大的浮雕地球仪，还有一个火星的模型，另外还有一些汤姆主要发明的等比例模型。

斯威夫特先生个子很高，身体结实，年龄在40岁左右。他从桌子上抬起头。父亲是一个世界有名的发明家，儿子也非常优秀，而且两个长得很像。他们两人的面孔轮廓清晰，都有一双敏锐的眼睛。汤姆的个子比爸爸高一点，只是略瘦一些。

"有导弹的消息吗？"汤姆着急地问。

"我们刚从W城得到消息，没有关于这枚导弹的任何报告，无论是私人的还是公共的都没有。"

巴德吹了一声口哨，说："这样说来，一定会有可疑的事情发生。"

斯威夫特先生点点头："毫无异议，这次蓝天女王差点儿被击中的事件绝不是偶然的。汤姆，我建议你要对你的电池计划加强安全措施。"

"好的，但是政府方面，他们会调查吗？"

"这可能没有必要,"他的爸爸回答说,"你的地面技术人员好像已经绘制出了导弹的轨迹。"

巴德欢呼了起来。"运气可真好!"汤姆大声说。

"他们在艾姆斯的办公室里等着你们两个年轻人呢。"斯威夫特先生说。

"好呀,我们马上去吧,巴德!"汤姆说。

哈伦·艾姆斯是企业集团安全部的主任。他们来到了艾姆斯的办公室。他们看到一个人正在和汉克·斯特林、汉森讲话。

斯特林长着方方的下巴,是企业集团样式设计部的主任工程师,专门负责组织参与太阳能电池的技术人员。汉森是一个专家级的技工,也是汤姆的主要模型制作人员,也参与了这项计划。

"怎么样,汉克,你找到导弹发射的地点了吗?"汤姆问。

"导弹应该是来自拉比特湖的西南部的某个地方,"工程师回答说,"亚弗一直在观测仪上跟踪导弹。"

汉森在桌子上摊开一张地图,指着上面的一个地方。

"计算机计算出来导弹的速度和方向,"他解释说,"导弹从这里开始离开我们的观测范围,我们可以从这里划出一条线,我们认为导弹一定会在这里落地。"

"这里是不是长满树木?"巴德问。

"有些地方是的,"艾姆斯说,"如果我们想在地面上搜索,距这里16千米有一个州警察站。"

"我们先从空中开始吧,"汤姆提议说,"我们驾驶直升机搜索。"

第二章 猩猩人

艾姆斯不能离开工厂，但让菲尔·拉德纳陪着汤姆和巴德，菲尔是安全警察的主任。

他们乘着工厂警察的汽车，来到企业集团北部的飞机库，这里停着直升机。

这是汤姆最近的发明，有一般飞机和直升机的共同特点，垂直推举器采用脉冲喷气旋翼，用来起飞或者盘旋。上升到空中正常的气行时，这些旋翼收进机身，这时的飞机就是常规的喷气飞机。

很快他们开始向拉比特湖飞去，在这个水域对面，地面不平，生长着一片片灌木和乔木。

他们按照汉森在地图指定的地区来回飞行了一个多小时，汤姆扫视着树顶的位置，其他人用双筒望远镜扫视着地面。

突然巴德大喊一声，他指着右侧的一个地方。汤姆让飞机下降，想仔细地看一下。在一个长满矮树丛的峡谷中，闪着黄色的光。

汤姆马上把直升机降落在一块平坦的地面上，大家朝着峡谷跑去，他们弯下腰仔细检查。

这导弹已经摔在地上，变形的碎块散落在石块之间。如果弹头里面有炸药的话，应该是一个哑弹。

但是汤姆挥手告诉大家保持安全距离，自己小心地取下它的引爆器。在他仔细检查引爆器时，他的同伴们在翻弄其他的残骸。

"找一找金属碎片上有没有标记或印记，"菲尔·拉德纳给大家提出要求，"这些标记对于我们确定它们的来源是有帮助的。"

"等一下！"汤姆大声说。大家转过身来，看到汤姆拿着一个引爆器上的小型的仪表。

"找到什么东西了？"巴德问。

"这里的所有东西都不使用我国法定的计量单位！"汤姆大声说，"这些东西都是采用的公制单位！"

"你的意思是，这些东西不是我们国家制造的？"菲尔问。

"非常正确。"汤姆回答，"这个坡度计和燃料切断器都不是使用我们国家的计量系统。"

其他人听明白了，都惊得说不出话来，很明显，发射导弹的人一定是外国特务。

"我们最好找到发放地点，而且要快。"汉克·斯特林说。

汤姆突然产生一种奇怪的感觉，觉得好像有人在监视他们。他快速转身，正好看到一个人在峡谷对面的树丛中盯着他们。

这张脸非常让人害怕，汤姆感到后背发凉。

"有人在盯着我们！"他提醒其他人，但这时那个盯着他们的人已经不见了。

汤姆跑到斜坡上想仔细探查一下，他的朋友们也跟了过来。矮树丛缠绕在一起，他们爬坡的速度无法很快。等汤姆和朋友们到达峡谷对面的坡上时，那个人已经无处可寻。虽然他们迅速地搜索附近的林地，但他们没有找到这个神秘的监视者的一丝踪迹。

大家一起讨论这个问题。"真弄不明白他到底是什么人？"汉森问。

"如果让我来说，"汤姆用嘲弄的语气说，"我们可以管他

第二章 猩猩人

叫大猩猩!"

"为什么这样叫呢?"

"因为这个人就长成这个样子,肩很宽,头发很长,眉毛很重,一个很大的下巴,他的胳臂也和大猩猩一样长。"

巴德心里一颤,接下来说,"听起来很像是一个怪物!"

汤姆转过身来面对菲尔,问道:"在破坏分子档案中有没有看到这样的人?"

这个安全官员摇摇头:"眼下想不起来有这样的人物,但我会和调查局一起核查。"

"不管他是谁,我敢保证,这个'大猩猩'一定了解这个炸弹。"汤姆明确地说。

因为天色已晚,汤姆觉得在天黑以前找到发射地点的可能性很小,现在已经离预计目标几千米了,所以得把搜寻工作推迟到第二天了,于是大家一起飞回了斯威夫特企业集团。

那天回家吃晚饭,汤姆也带上了巴德,桑迪和另一个女孩正在宽畅的房间里听磁带。

"嗨,桑迪!"他对一个漂亮的女孩说,这就是他的妹妹,比他小一岁。他继续喊:"嘿,菲利斯!"

菲利斯·牛顿,是一个非常漂亮的女孩,是奈德·牛顿的女儿。奈德是老汤姆·斯威夫特的老朋友,也是合作者。虽然他们不是亲戚,但汤姆叫他奈德叔叔,奈德现在负责斯威夫特建设公司。

巴德和她们打了招呼。"感谢老天爷,你们这些年轻人今天下午算是逃过一劫。"菲利斯说。

"是的,给我们说说导弹的情况。"桑迪请求说。

哥哥简要地介绍了导弹袭击事件,然后,巴德告诉大家汤姆看到了一个猩猩人的事情。

菲利斯不禁颤抖了一下:"太可怕了!"

"他们可不是什么好人,但我还是想找到他,"汤姆一本正经地说。

"也许我们明天可以带上桑迪和菲利斯一起去找他,"巴德半开玩笑地说,对着汤姆眨了一下眼睛,"事实上,如果今晚'大猩猩'偷着来到这里,也不足为奇。"

"别说这些事儿了,你可把我们吓死了!"桑迪大笑着说。

说着她就去帮妈妈做晚饭去了,不一会儿大家都坐下来开始吃饭了。斯威夫特夫人非常喜欢做饭,她为自己能做几种特色菜而自豪。虽然她努力让自己不为家族企业担心,但是她发现不担心是很难的,她的丈夫和孩子总有令人担忧的冒险,而桑迪则是热衷于试验驾驶斯威夫特生产的小型的飞机。

"没有什么能赶上你的鸡肉饼了,斯威夫特夫人。"巴德赞赏她的厨艺道。

吃过晚饭,大家都在客厅里坐下来,气氛非常愉快。桑迪问:"汤姆,说实话,你认为你有可能找到猩猩人吗?"

"我只能说这么多了,"她的哥哥回答说,"我肯定他就是导弹阴谋的一部分,而且还不清楚他会做什么。"

汤姆的话音没落,屋子里响起低沉而响亮的警报声。

"报警系统!"巴德大声说,他从椅子上跳了起来。

女生们相互看了一下,菲利斯小声说:"噢,我想这是不是'大猩猩'!"

第二章 猩猩人

斯威夫特的住处有保护磁场,如果有人闯进了这个磁场,在没有解除这个装置前,就在他们不知情的情况下启动了警报系统。斯威夫特的家人和亲近的朋友们,都戴着中和磁场的手表。

"我们很快就能搞清楚,"汤姆严肃地说着,然后从椅子上站了起来。看到母亲担心的样子,他补充说:"也可能是一个没有恶意的客人来了。"

汤姆大步来到正门前,门廊里传来了脚步声,这时门铃响了。汤姆看了一眼门上方的提示盘,指针剧烈地摆动着,表明客人身上有金属物体,很有可能是枪支!

汤姆按下了一个轻触开关,透过门上一个单向玻璃门镜张望,在门外的黄色光线中站着一个穿警服的警察。

汤姆放松了下来,打开了门,他开始和警察高兴地打着招呼,但警察马上打断了他:"你是小汤姆·斯威夫特吗?"

"我就是。"

"那么,请收下这个。"他把一个看起来像是正式文件的东西塞到了汤姆的手中。这是一张传票,要求他明天出庭,去向格罗弗法官解释一个故意破坏财产的起诉。

第三章　法庭上的战争

关于汤姆·斯威夫特接到法庭传票的消息出现在第二天早晨的报纸上，斯威夫特一家人和巴德来到肖普顿法庭时，里面已经挤满了人。在他们进到这座市政大楼时，闪光灯不停地闪着，但是汤姆拒绝回答记者提出的一切问题。

虽然案子计划在一点半开始，但法庭的日程表上的案子太多，下午的时间都已经过去一半了，还没有轮到汤姆的案子。汤姆有些生气，他自己都不知道被起诉的原因。

巴德开始有些不安和紧张，压低了声音对汤姆说，"哥们儿，这比站在旁边等待火箭起飞还要难受！"

好不容易格罗弗法官开始说话了："快克电池公司与小汤姆·斯威夫特的案子，请涉事双方到前边来。"

汤姆站起来，这时有一个陌生人急匆匆地来到旁边。他身材结实，脸有些发红，眼睛有些突出，让人看到后想起坏脾气的牛蛙。他快速地看了一眼汤姆，撇了一下嘴，表示出一种鄙视。

格罗弗看着这个脸色发红的人提问："你就是原告吧？"

"是的，法官大人，我是琼·约克，快克电池公司的总裁。作为国家律师协会的代理人和成员，我在以下的诉讼中代表我的公司。"

第三章 法庭上的战争

法官转过来问汤姆："你是被告？"

"是的，先生。"汤姆答道。

"你有法律顾问吗？"

"我们公司的律师在w城，"汤姆解释说，"对于这件事，我不想请他来，因为我非常确定，此事一直是一个误会，我没有破坏任何人的财产。"

"我们马上就讨论这个问题！"琼·约克气哼哼地说，"昨天我们公司正在做太阳能射线试验，我们放飞载有贵重设备的气球，汤姆·斯威夫特故意用飞机撞击那个气球，把我们的整个试验给毁了！"

格罗弗法官皱起了眉头，他把头转向汤姆问道："事情是不是这样的？"

"绝对没有这种事情，法官大人。我当时驾驶着飞机这是事实，我也看到了约克先生提到的那个气球，但是气球是自己爆炸的，所有的无线电高空测候气球达到一定的高度后都会爆炸的。"

约克讽刺地笑着说："而且，我认为，你出于很奇怪的偶然正好在那个特殊的时间里出现了！"

听众席上发出了轻轻的窃笑，格罗弗敲了敲法槌请大家安静："请大家先不要发表评论。约克先生，你会为你的起诉提供证据吧？"

"是的，法官大人，我能叫我的第一个证人吗？"

"请继续。"

约克点了一下头后，一个高个子瘦瘦的男人走了出来，做证人宣誓，开始作证。他叫弗兰克·哈利，是快克电池公司摄影实验室雇用的技术员。

第三章 法庭上的战争

约克递给他一些照片说:"你以前见过这张照片吗?"

哈利简单地看了一下,答道:"是的,先生,是我自己冲洗的这些照片,这是我们昨天放飞的试验气球上的空中照相机拍摄的照片。"

"那么照片上显示的是什么呢?"

"上面显示的是汤姆·斯威夫特的飞机——蓝天女王,直接向我们的相机飞来,刚好此时气球受到了撞击。"

法庭里发出了好奇和激动的嗡嗡声,约克的脸红红的,以胜利者的神态转向法官:"如果法官大人需要查看这些照片,您就会毫无疑问地看到我向法院起诉的所有证据!"

格罗弗法官拿起照片,仔细地看了一会儿,他抬起头看着汤姆,神情非常严肃地说:"年轻人,这些照片当然可以证明约克先生的指控,你还想否决本起诉吗?"

"我可以看看这些照片吗?"汤姆请求说。

法官把照片递了过来,汤姆快速看了一遍,解释道:"答案非常简单,法官大人。我第一次看到这个气球时,我就已经知道这不是一般用于气象的气球,所以我就请求我的副驾驶向气球的方向飞,想仔细地看一下。应该是在这样的情况下,气球拍下了这些照片。"

约克的笑声有些刺耳,"千万不要认为你能逃脱这个责任!"他边说边用肥胖的手指着汤姆的脸,"这些照片证明你用飞机直接撞了我的气球。"

格罗弗法官又敲了一下那个法槌,要求大家安静。汤姆回答说:"如果你安全地收回你的相机,而且还冲洗出相片,那你怎么能说你们的实验彻底被毁了呢?"

这种反驳好像把约克弄糊涂了,他站了起来,张着嘴,挣扎着做出回答:"啊,我——我——我说的不是相机,而是其他的设备。实际的情况是,除了相机以外,其他的设备全都被毁了——都是非常贵重的科学设备。"

汤姆突然想到了一个思路,他快速地翻动着这些照片,数了一下照片的数量,然后抬起头看着证人说:"哈利先生,我对于航空用的胶片非常熟悉,而且比较了解每个胶卷的拍照数量。这里好像缺一些照片,我想知道这些照片在哪里?"

哈利清了清嗓子,心有不安地看了一眼他的老板,没有回答这个问题,直接对汤姆说:"这些照片与你有什么关系?"

"我想看看这些照片,"汤姆平静地回答,"它们可能提供重要的证据。事实上,它们甚至可能证明我根本没有撞到你们的气球。"

"好吧,你没有那么幸运,"约克反驳说,"那些照片没有这方面的东西。"

"上面都有什么呢?"

"什么都没有!其他的照片都被毁坏了。"

格罗弗法官双肘拄着桌面,向前探着身体。"证人能明确说明一下证据吗?"他问道。

"是的,先生,我能。"哈利回答说,急忙点头。

法官皱起了眉头,过了一会儿,他宣布道:"我认为你应该取来其他的照片,约克先生。"

起诉人明显有些郁闷,他的脸更红了,"但你已经听到证人的证词了,法官先生。"他提出抗议。

"尽管如此,我坚持你们必须出示这些照片。"格罗弗法官坚定地说,"没有这些照片,我们没有充分的证据证明汤姆的飞

机接近你的气球时发生了什么样的事情。"

约克瞪眼看着法官,然后看着汤姆,他更加像一只发怒的牛蛙,是一只快要爆炸的牛蛙。最后他用阴沉和不满的语气抱怨说:"啊,很好,如果在我们的实验室还能找到副片的话,我一定把他们拿来。我重复一下,上面什么东西都没有。如果法院认定它们是重要的证据,我可以撤回我的起诉。"

"起诉你自己吧,约克先生,"法官冷冷地说,然后用法锤向下一敲,"案子驳回!"

法庭上的听众爆发出一阵喧嚣和掌声,这时汤姆的家人和朋友一齐拥到汤姆的跟前祝贺,闪光灯又一次把这里照得明亮。

桑迪在哥哥的脸上使劲儿地亲了一下,巴德拍着汤姆的后背,高兴地说:"为什么你不告诉我们你在法律方面有这么高的水平?"

斯威夫特先生和汤姆握手,说:"干得不错,孩子!假如你不是一个很出色的科学家,我敢说,那你可不要错过了做法官的机会。"

"谢谢了,爸爸。"

在回家的路上,巴德给大家讲着约克在官司失败时瞪着眼睛的样子,大家听了后笑个不停。巴德补充说:"尽管如此,还是离这种人远一些好。"

"我很适应这种状态,"汤姆强调道。他驾着家里的汽车驶入肖普顿傍晚的车流中,接下来他笑了,说:"下周我们会非常忙,已经没有时间去理他了。"

"跟我们说说你们的工作吧,"菲利斯请求说,最近一段时间她没有听到企业集团的情况。"是高度保密的,我知道,"她重复汤姆常说的一句话。

"你脑中又有新的计划了，孩子？"斯威夫特夫人有些担心地问。

"是的，用不着担心，妈妈，到目前为止还只是想法。"

"好了好了，不要总吊着我们的胃口！"桑迪开始抗议了。

"是什么呢？"菲利斯问。

汤姆大笑起来，然后对菲利斯说："是宇宙工厂，我们可以生产太阳能电池。"菲利斯是最可以信赖的人。

菲利斯有些惊讶："一个宇宙工厂！？"

"只是一个小工厂，"汤姆接着说，"我要把它放在离地球最近的位置，比如离地面几千千米，这样在建造时能减少很多工作。从这里看，它就像一个小小的月亮一样，在空中快速移动。

"这可太神奇了！"菲利斯大声地说。

汤姆的爸爸微笑着，慢条斯理地说："孩子，反正同样麻烦的事儿为什么不直接做一个大的、更重要的空间站呢？"

"爸爸，你的意思是？"

"我们都知道，我一直在想找一些时间讨论一下斯威夫特家庭能够第一个建起一个空间站的问题，但我希望这是一个真正的慈善性的计划——一个为全人类服务的计划。"斯威夫特先生停了一下，"实际上，汤姆，我已经为你准备了一个惊喜。"

"一个惊喜？什么惊喜呢？"

斯威夫特先生眼睛亮了起来，说道："你说话的样子和你小的时候一模一样，我也用同样的方式回答你的问题。如果我告诉你这是什么，那就不是惊喜了，但我只说这些——有些非常重要的人明天早上会到我们的办公室来。"

第四章 神秘的警告

爸爸再也没有提起这些重要的来访客人,汤姆也只好克制自己的好奇,等着明天早上的到来。九点半的时候,他和爸爸正在检查蓝图,这时内部通话系统的蜂鸣器响了。

"你们等着的布鲁斯先生一行人已经到了。"特伦特小姐说。

"请他们进来吧。"斯威夫特先生回答。

汤姆按了一下电钮,印有规划和草图的画板轻轻地滑到了实体墙里。

一会儿爸爸和儿子起身迎接六位来访的客人。布鲁斯先生是一个中年人,身材瘦高、举止和蔼、自信满满。他把其他的人介绍给了斯威夫特父子。

"汤姆,"爸爸说,"威廉·布鲁斯来自联合广播网,是这些广播公司工程师委员会的主席。他们到我们这里要讨论一个重要的问题。"

大家坐了下来,布鲁斯对斯威夫特父子说:"我先把我们的问题介绍一下。我们知道,目前的情况,高频信号的覆盖效果很不好,传播的距离很近,所以需要很多的差转台,有的时候还会出现波形变化,而且太阳的黑子和磁暴可能会把广播信号彻底破坏掉。"

"事实上，"他接着说，"远距离短波广播的可靠系统，靠我们现在的方法几乎是不可能的。但还有一个解决这个问题的方案——"

汤姆的心激动得要跳出来了，他知道接下来要讨论的事情了。

威廉·布鲁斯看着年轻发明家着急的眼神，说："作为科学家，你们一定猜到了我们要提出的问题了。"

"一个空间站？"汤姆的热情再也控制不住了。

布鲁斯点了点头说："非常正确。我们委员会有一个结论，这也是我们唯一希望能克服广播信号传输中的困难的办法，就是在宇宙中建立一个平台，我们可以把无线电波束发到这里，并通过它把信号转播到地面上。当然这是一个非常大的工程，但是我们觉得斯威夫特企业集团最适合完成这项工作。"

汤姆无法掩饰自己的兴奋，眼前是一些重要的、想做事的工程师，专程请求他来推进这个伟大的计划，而这个计划也一直在他的心里！

"这是一个巨大的挑战。"他说，然后和他的爸爸相互看了一眼。

汤姆看到爸爸点头表示支持，于是站起身来，走到自己秘密的工作台前，台上放着他的空间站的计划。

这时，斯威夫特先生说："先生们，我儿子一直在做宇宙工厂的项目，也许大家可以看看相关计划。"

汤姆拿过来一些很大的蓝图，并把这些蓝图铺在自己的桌子上，上面有很多的草图和公式。

第四章 神秘的警告

"我的计划,"汤姆解释说,"是把空间站放在距地球表面1700千米高度的轨道上。但在这样的高度时,它需要两个小时完成一次绕地球飞行,这用于广播传输信号来说是不行的。"

"是的,不行,"布鲁斯先生看着这些草图说。"这个空间站有很多的创新点,"他说,"像一个轮子上的三根辐条。"

"是的,"汤姆说,"我们还可以按照我们的意愿在轮轴安上更多的辐条,一到两个这样的辐条够你们广播使用吗?"

工程师们认为,他们需要三个这样的辐条才能满足广播的需要。

"我想政府还会需要一个。"斯威夫特先生说。

六位客人就空间站这个内容给汤姆提出了很多的问题,汤姆快速一一作答。最后布鲁斯赞许地点着头说:"你的计划看起来的确非常好。通过你刚才介绍内容,我认为你设计的空间站非常适用,但正如你刚才所说,这个空间站应该放在更高的轨道上。"

"40000千米的高度对用于广播来说会更好一些,"斯威夫特先生说话了,"而且空间站必须建立在赤道的正上方,这是我的看法。"

"是的,"布鲁斯先生说,"在这样的高度,空间站正好用24小时绕地球转一圈,这和地球的自转时间是相同的。而且在赤道上空间站会在所有的时间里保持在地球的同一位置的上方相对不动,这正是我们需要的。"

"与汤姆原来的设计相比,还会遇到更多的问题。"斯威夫特先生说。

"我们可以解决这些问题,爸爸。"汤姆笑着说。

他接着说，需要更多的费用，才可能用火箭把供应材料推送到这样的高度。但是只要成功建立了这个空间站，就可以将无线信号和电视信号转播到三分之一的地球上。

"真是了不起的进步！"布鲁斯先生热情高涨，"以后，如果这个计划成功，我们还可以建立更多的空间站。采用这办法，我们可以在轨道上排满空间站，建立完美的广播系统。各位先生，想想这个计划吧，世界范围内的广播全覆盖就可以实现了！我们可以在地球的任何一个位置接收电视图像，还可以把电视信号波束传回到A国，这件事就能让世界实现信息共享。"

"那么，"汤姆的观点略有不同，"如果这些空间站做不到这一点，至少我们能够看到A国的南部和北部。"

斯威夫特先生半开玩笑地说，这个计划无疑会引来很多不友好的国家给他们制造麻烦。"空间站一定会安上望远镜，"他说，"我们可以发现每个敌人的战争行动。"他总结说："事实上，各位先生们，从很多角度讲，这是一项非常大的工程，所以我认为A国政府也应该参与到这个计划中来。"

会议结束时，汤姆和这些广播专家达成一致，由斯威夫特企业集团负责这一项目。另外，他们准备一个该项目需要广播公司费用的预算，并交给大家。

客人们刚离开办公室，斯威夫特的私人电视网上的控制面板就闪起了红灯，这个网络由国内很多不同地区的摄影棚组成。汤姆走了过去，打开了视频电话。

由于信号来自西部，汤姆自然认为是凯恩打来的电话，他是西部电视节目的制作人。但是在电视屏幕上没有出现任何图像。

第四章 神秘的警告

屏幕上却出现了印制质量很粗糙的牌子，汤姆倒吸了一口凉气，大喊道："爸爸！快来看！"屏幕上显示的是下面的文字：

汤姆·斯威夫特：如果你想建空间站，在你没有完工前你就会死掉！

几秒钟以后，这个标牌消失了，屏幕变黑。

"好家伙！"斯威夫特先生喊叫着，"凯恩出什么事儿了？"

"他一定是被发送这个信息的人给抓起来了！"汤姆断定，"我们最好马上和西部警察联系！"

放下电话后，他请特伦特小姐马上接通西部。警官接通电话后，汤姆快速地报告了刚才发生的事情，并请求他立即去检查凯恩的安全情况。

父子两人紧张地等待了约有半个小时后，警官打来了电话，但这次打来的是可视电话。

"你的直觉是对的，"随着警官出现在屏幕上，"我们发现你们这个主持人被人打晕了，失去了意识，我的人正在抢救他。"

这时，凯恩进入了视野，头上缠着绷带，他的脸显得很憔悴，走路有些不稳。

"凯恩！你怎么样？"汤姆问。看到对方的神态，汤姆有些惊讶。

"啊，没有什么问题——只是头上有一个鹅蛋大小的包。"节目制作人回答，有些痛苦地笑着，"我真想好好收拾那个把我击倒的人。"

"你看到他没有？"

凯恩摇摇头说："对不起，他是偷袭我的，一定是趁我工作的时候，从身后的门溜进来的。"

警官答应采取一切手段找到罪犯，然后凯恩挂断了电话。

"我想自己去找这个人。"汤姆信心十足地说。

汤姆和爸爸一起讨论着神秘敌人最近的行为。这时，巴德打来了电话，他听说凯恩受到攻击后大为震惊，非常想去帮忙。

"现在不能去。"汤姆说。

"我打电话的目的是，"巴德说，"看看你是否准备好搜寻导弹的发射位置，这件事儿我们在前天就快完成了。"

"是的，我们已经准备好了，5分钟以后，我们在直升机飞机库见面！"汤姆回答说。

他驾驶吉普车到达时，巴德和哈伦·艾姆斯、菲尔·拉德纳正在等着他，直升机已经被拖出飞机库。大家一起登机，很快螺旋桨开始旋转，托起它向天空飞去。飞到高空以后，汤姆加大喷气机的油门，按下开关收起旋翼，飞机像箭一样穿入蓝天。

在去往推测发射地点的路上，汤姆给安全人员介绍了凯恩受到袭击的事情，拉德纳听了以后非常气愤，艾姆斯气愤地说："这样说来，我们所面对的人比我们想象得厉害得多。"

"恐怕情况是这样，"汤姆觉得有些沉重，"好吧，我们第一步是要找到是谁发射的，然后是搞清楚从哪里发射的。"

他们假设敌人采用直接推动发射导弹，并计算出可能的发射位置是在嘉士伯山脉附近，正好是河流的交汇处。

第四章 神秘的警告

为了安全起见,汤姆以地图上标出的那个点为中心,在1平方千米区域大面积侦察,而且使用了高倍的望远镜,但他在这个地区仔细搜索后,没有找到发射地点。

"也许他们做了隐蔽。"巴德推测说。

"有可能——如果他们还没有把所有的东西撤出的话,"汤姆同意巴德的想法,"我们到地面上搜索吧。"

直升机落到地面后,大家分散开来搜索,但距离没有离得太远。

汤姆自己沿着一个很浅的小溪向前搜索,突然他敏锐地在山口处发现了一个移动的物体,于是他举起了双筒望远镜,他感到一丝兴奋。在望远镜的视区内,他看到了长相和大猩猩差不多的、丑陋的面容。

汤姆向大家喊了一声后,便先向前冲去,其他人也跟在后面向前跑去。

在山的那一边,小溪变宽成为一个池塘,池塘的两边长满了柳树和灌木。他们继续向前跑着,分成两个队伍,巴德和艾姆斯沿着池塘的堤坝向前包抄,拉德纳跟在汤姆的后面从另一侧跑着。很快大家相互看不到了。

汤姆相信自己的路线很对,这一次,他下决心,不能让"大猩猩"跑掉!

"他是我们的敌人!这是没有疑问的——"

正在这个时候,一股强大的气流震动了山岗,剧烈的爆炸威力把汤姆掀翻在地上。

第五章 零引力室

爆炸以后,汤姆昏迷后躺在地上,泥土和碎屑落了下来,几分钟以后,尘土不再飞扬,汤姆摇晃着站了起来。

他在想着,他的朋友都好吗?爆炸会不会伤到大家?他开始向池塘口跑去。汤姆发现艾姆斯和拉德纳都没有受伤,大家看到年轻的发明家后,担心的脸上露出了笑容。

不一会儿,巴德也跑了过来,他的T恤衫上满是泥土,血从他的太阳穴处落下来。

"巴德,你额头!"汤姆大叫道。

"噢,我没问题。"

"出什么事儿了?"

汤姆说:"突然间听到了一声轰响,石块从天而降,有一块石头把我砸中了,然后就什么都不知道了。"

汤姆从口袋里取出一张手帕,在小溪中把它蘸湿,开始清洗巴德的伤口,他发现只是一点轻伤。

汤姆转头面对大家说:"我们去看看爆炸在哪里发生的,这一回我们要注意脚下。"

发生爆炸的地点好像是刚好在高地的另一侧,离池塘的对面很近,高地上面原来还有一些树木,但爆炸把树炸得乱七八糟,树上的叶子大都掉了下来。

四个人小心翼翼地翻过土丘,看到一块空地,爆炸在这里留下了一个不整齐的坑,乔木和灌木被连根拔起,有些树上面盖着厚厚的泥土,几乎所有植物都被炸死了。

汤姆和朋友们非常留意可能有的伏击,他们走下土丘来到空地,废墟中露出一些扭曲的钢筋和铁板。

汤姆用脚踢开上面的泥土,"看看导弹是不是从这里发射的,"他说,"这可能是发射架。"

"你认为爆炸是意外吗?"巴德问。

拉德纳摇摇头,说:"非常可能是'大猩猩'看到我们后,有意把这里炸毁的,他可能是一个观察哨。"

汤姆面容严肃,点点头说:"也有可能这爆炸是冲我们来的,只是爆炸得略早一些,所以我们才没有被炸死。"

"那么,有一个事情是确定的,"巴德有些开玩笑地说,"我们的敌人跟我们动真格的了。"

在离开这里之前,艾姆斯试图找到"大猩猩"的踪迹,看看是否还有其他人可能曾停留在发射地点,但是爆炸销毁了全部有意义的踪迹和线索,于是他们放弃了进一步搜索。

"我们走吧!"他说。

他们回到了斯威夫特企业集团以后,艾姆斯向汤姆提出一个建议:"为什么不把那个像'大猩猩'的人画出来呢?我把图画影印下来传给警方,他们可能会找到他的线索。"

"好办法,"汤姆同意这个建议,"到办公室我马上画出来,跟我来。"

图画得有些潦草,但与这个神秘的人非常像,艾姆斯相信这一

第五章 零引力室

定会有结果的。但一周的时间过去了，安全人员报告说，他们的努力还没有结果，警方每次回答都是相同的：我们的档案中没有这个人的信息。

"可能这个人是初犯，"巴德说，"那么，找到他对我们来说就更难了。"

汤姆这段时间没日没夜地在他的玻璃墙实验室大楼里忙着扩大空间站的计划，时而他的爸爸来到这里，提出一些建议，并给他一些鼓励。

斯威夫特先生有一次来访时看到年轻的发明家无精打采又略有所思地坐在工作台前，看着自己写满计算公式的纸，"遇到问题了，孩子？"他关心地问。

汤姆点点头，说："是空气供应的问题，爸爸，我原来没有意识到这个问题，空间站里的工作人员每天需要大量的氧气。一般情况下，一个人24小时消耗3磅的氧气。运送液态氧气是运输中一个很大的问题。"

"也许可以自己生产氧气，"斯威夫特先生建议说，"或者说，在某种程度上能够保证部分的需要，比如利用光合作用。"

"你的意思是，用绿色植物产生氧气？"汤姆有些不解地问。

"这是一个办法，当然一般的植物不行，我想起来在哪里读过——"年长的科学家绷紧着嘴唇开始思考着，于是语言就停了下来。突然他说："我想起来了！是在《微生物年刊》中，作者提到一种小的水生植物，叫绿藻——"

汤姆激动地打了一个指响，说："是的，我也读过这篇文章，在强阳光下，他们每小时可以产生近自身重量50倍的氧气！"

第五章 零引力室

"正确!"斯威夫特先生接着说,"如果带上几桶这样的植物,当它们吸收了人类呼出的二氧化碳,我想就可以满足工作人员所需要的氧气了。"

汤姆按照这种新的氧气供应方法,重新做了计算,不一会儿,他得意地抬起头。

"爸爸,你真是一个了不起的人!我觉得利用绿藻是一种办法。"汤姆咧开嘴笑了,然后说,"以后你可以多来几次呀。"

"你看起来自己做得也不错嘛!"爸爸微笑着说,"顺便问一句,你用什么办法克服空间里的失重问题呢?靠空间站不停地旋转?"

汤姆边思索着边回答:"我现在还不能确定这是否有必要,爸爸。我和巴德在1700千米高度飞行时,没有感受到失重的麻烦。"

"但是你只是在那里漂浮了两个小时的时间呀,"斯威夫特先生回答,"有些专家认为人类在没有引力时是不能生存的,人类的神经系统可能无法长期忍受这种状态。"

"用一个试验就可以证明,"汤姆说,"我的直觉是,我们能够挑选出一些人员,增加他们学会在失重状态下生存更长的时间。"

"怎样操作?"

汤姆接下来说:"空间站里的人员必须学会用新的方式做事情,包括吃、喝、活动和工作,而且我就不信有一些东西不能在地面上练习。"

"你已经走在我的前面了,汤姆,"他的爸爸非常认同儿子,"你已经解决了这个难题,孩子?你要在地球上制造出零引力的状态吗?"

"不,爸爸,我要在户外建一个透明的封闭的房间,面积在6平方米左右,5米高,我把这个叫作零—G实验室。"

"好的,然后呢?"

汤姆想了一会儿,用手指敲着自己的工作台说:"好的,你知道一块金属在脉冲磁场的两极间漂浮的情况吧,我会使用这个原理。"

"但人不是金属呀。"

"不是金属,但我们可以设计一套金属服装,造成同样的效果,在这个室里漂浮的人会感到很无助。那么,一个漂浮在室内的人如果想知道以多快或多慢的速度才能够到一把漂浮的锤子,然后再去拿漂浮的一颗钉子或是一块木头——"

"我理解了,"斯威夫特先生说,"你要克服在空间里可能碰到的所有问题。"

"是的,我要把这个测试补充到其他测试中,一并考核想成为宇航员的人。"

看起来老发明家很感兴趣,说:"你在这方面做得很好,孩子,这的确是一个很好的想法。如果证明连续失重对于空间站工作不可取,你可以让他保持旋转,这样就能形成人工重力。"

"是的。"

日子就是在每天的忙碌中一天天过去了,当然也有客人会来到汤姆的实验室,亚弗·汉森过来讨论了一些想法,还展示了改进的空间站的模型。汉克·斯特林来过几次,讨论本计划所需部件铸造时所需的模具。

一天,汤姆从工作台上抬起头笑了,他刚才听到了一个洪亮的嗓音和高跟牛仔鞋的声音。

"哈哈,我可怜的三趾小野马!你在搞什么有趣的东西呢,汤姆?"

说话的人是乔·温克勒,他是来自农场的厨师,弓形腿、又矮又胖,饱经风霜。专门为斯威夫特外出做饭,这个主厨刚好完成休假。

"嗨!乔!"汤姆微笑着,每当看到这个可爱的、性格特好的西部人都是如此。被艰难的科学问题所扰时的汤姆看到他也会非常高兴。

"我刚才产生了一个伟大的想法!"

"说给我们听听。"

"我们应该给你的这个衬衫申请一个专利,再把它投放到市场上,我想它一定能治好色盲!"

乔咯咯地笑了,低下头看着自己花哨的黄紫色西部风格的衬衫。他没有感到受到冒犯,反而对自己买到的艳丽衣服感到自豪。

"只要你说一声,汤姆,我马上就发电报,给你也定做一件和我这件一样的衬衫!但这该死的东西是什么意思?"他从汤姆的工作台上拿起亚弗·汉森的模型,"千万别告诉我,你要设计的这个东西是流动炊事车的轮子吧?"

"流动炊事车的轮子?"汤姆大笑起来,"听好了,乔,这是一个我正在设计的空间站的模型。"

厨师眯起眼睛,表现出有些不解,然后把自己的大帽子往后一推,挠着自己光秃秃的脑袋。

"你在开我的玩笑吧,汤姆?"他问道。

"没有开玩笑,说句实在话,乔,"汤姆回答说,"我们未来的空间站,如果要建的话就是这个样子,这个轮子上的每一根辐条实际上是一个火箭,但是在没有发射到空间前我们不会把它们连到轴上。"

"你的意思是说，人们会住在这个小东西的里面？"

"是这样的，整个东西是空心的，每根辐条都是一个隔间，都有专门的用途。"

"举个例子吧！"乔要求说。

"好的，有的辐条是用来观测的，有的是用来做实验的，有的是用来生产太阳能的电池，还有的用来传输广播或电视信号。当然了，工作人员可以从一个隔间去另一个隔间，他们需要经过轴心或通过连接轮子外部的通道。"

"那么，人要怎样进入里面呢？"

"通过每一根辐条前端的舱口进入，"汤姆指着这个模型说，"当地球从发射火箭把供给材料送上来的时候，火箭会与一个开口对接起来，然后卸货。"

乔搔着自己的下巴，略有所思地皱起了眉头说："我还是不明白为什么这个该死的东西要做成轮子形的，你们是不是想让这东西在天上旋转呢？"

"我们当然能让它转起来，乔，"汤姆回答说，"如果我们想创造人工引力的话。"

"这又是什么东西呢？"

汤姆接着给他做解释："你看，乔，我们一旦到了宇宙中，所有的东西都会失去了重量，我们是漂浮的，也不会落到哪里，也没有上或下。有些人一定会感到不舒服，在这种情况下就得让轮子转起来。"

"这样做有什么用呢？"乔问，还是一头雾水。

"用一个绳子拴上一个球，旋转时会发生什么？"

第五章 零引力室

"再笨的脑袋也知道这个呀,速度会拉紧这个绳子,球会向外拉。"

"很正确,如果这个轮子开始旋转,那么里面的东西就会朝向轮边缘推动。换一句话说,对于里面的宇航员来说,'上'就是朝向轮子的轴心,'下'就是朝向轮子的边缘。"

乔静静地想了一会儿这个问题,然后开始自言自语,他想弄明白汤姆刚才的解释,最后他还是放弃了。

"我可怜的丛林狼呀,汤姆!下就是外面,上就是里面,然后——我还是一点儿都没有弄明白。如果在空间站当厨师,还要被这些东西搞糊涂,我还是待在地球上吧。"

汤姆笑得全身都在抖动了,但他接着安慰他说:"不要担心,乔,不管怎么样,我们的空间站旋转不太可能。"但是乔还是迈着沉重的脚步走了,边走边摇着头。

但是汤姆没有预想到的事情还是出现了,第二天早上,乔又来到了他的实验室,说他又改变主意了。

"你想说,当我们建起空间站时,你还想要和我们一起去?"汤姆问。

"这才叫一种精神境界,"汤姆说:"但首先你得通过好多项的测试。"

"你带我去就是了,汤姆,只要你给我时间,你那个空间站不会比我的野公马更难弄!"

"好的,乔——如果你真的想试一下,"汤姆离开画板站起身来,"那就过来吧,巴德先给你做这些测试。"

不一会儿,乔被放进一个巨大的离心机的吊舱里,并用带子把他系好。"这个测试是用来检查你能否承受住火箭起飞时的加速度。"巴德告诉他。

经过检查和调整控制后,巴德按下了启动电钮,开始的时候速度很慢,然后,速度越来越快,挂在长长的钢管臂上的吊舱开始一圈圈转动起来。

乔待在吊舱里面,觉得自己在被一个巨人使劲按倒在座位上,几乎要把他按碎了一样,他脸上的肌肉下垂,和牛蛙的下颌一样。呼吸越来越困难。在他感觉到快要坚持不住的时候,发现重力好像没有了,吊舱慢慢地停了下来。

巴德打开舱门,解开所有的带子,乔爬了出来,只是有些摇晃,其他方面都很好。

"哈哈,感觉怎么样?老人家。"巴德有些担心地问。

"感觉非常好!但这个测试并不能说明我在那个旋转的流动炊事车里能把饭做得更好呀。在没有飞到天上去之前,如果在地面上能把饭做得很好,那么,我在哪里都能做好。"然后他咯咯一笑说,"我想我得学习做一些重力饼干!"

"你不用这样——你的饼干已经很重了!"但是巴德从厨师的眼里看出这话让他有些不高兴了,于是告诉乔这是在开他的玩笑。

第二项测试安排在第二天,这一次要把乔放在一个高度测试室,以此来测定他对低压的反应。巴德告诉他如何调整氧气面罩,然后关上了舱门。

巴德打开气泵,开通阀门,开始从舱里抽出空气。压力表指针向下摆动,巴德透过观察窗观察乔的反应。

刚开始的时候,所有的事情进展顺利,过了一会儿,乔突然向前倒了下去,瘫倒在地上,失去了知觉。

第六章 一起度假

透过那个小窗,巴德不知所措。乔出什么事儿了?也可能他病得很严重,巴德担心是不是因为给乔减压的速度太快了,于是引起了减压病的发作。

最后,压力表的指针回到了正常位置,巴德快速地打开了舱门,他扶起瘫软的乔,并把他抱在怀里,抱出了试验舱。

巴德把这个老人放在床上,快速给他戴上氧气面罩,他发现乔深深地吸了一口气。

巴德紧紧地盯着厨师,这是第一次让他产生一种奇怪的怀疑,他接着把乔的衬衫领子解开,开始拍他的面颊,揉搓他的手腕。

巴德揉搓着乔的手腕,乔的呼吸声越来越大,越来越深,这时他的头从一侧转向另一侧,他张开了嘴巴,一会儿巴德的怀疑已经解除了,乔在打鼾。

巴德停了下来,好像被大黄蜂叮了一下,他剧烈地摇动着乔说:"乔!快醒醒!"

厨师的眼睛抖动着睁开了,他在迷迷糊糊中嘟囔地回答着,这时他看到了巴德,一下子坐了起来,惊讶地眨着眼睛。"我——说——,这到底出什么事儿了?"他问道。

"你在高度试验室里睡着了,就是这么回事儿!"巴德有些急躁地说,"你都把我吓坏了,我以为你出事了!"

"睡着了?"乔重复着,然后窘迫地笑了,"我可怜的宇航服呀!我昨天不应该看那个西部电视的节目,睡得太晚,我干什么都不适应。"

乔不停地道歉,让巴德大笑了起来说:"好吧,把你的氧气面罩戴上,再进去吧。但不要再打瞌睡了,不然你一定会无法通过这个测试!"

这一次,乔取得了良好的结果,他答应以后的测试一定保持清醒。

那天上午过后,巴德来到了汤姆的实验室,年轻的发明家听到了乔的事情后开心地大笑起来。汤姆给自己的朋友展示了最新完成的零—G实验室的计划,他想用这个测试室了解漂浮中应该如何工作。

"这听起来好像在狂欢节上的四维空间,"巴德说,"但是如果你说它好用,多少钱我都给你。"

汤姆大笑起来,然后严肃地说:"巴德,我让你全面负责空间站探险申请者方面的工作。按照你给乔做过的测试给其他人测试。如果能通过,那就让这些人最后接受零—G实验室的检查。在可能的情况下,我希望用我们企业集团内已经通过安全检查的人。"

"没问题,机长!"巴德答应说,"我会在这个范围内给你选出最合适的空间骑手。"

十天的时间过去了,巴德来到汤姆的实验室,脸拉得很长,"有一个不好的消息,"他汇报说,"到目前为止,我只找到了

三个适合在空间站工作的人,"他解释说,没有像预计那样有很多人申请参与这次探险,在所有的申请人中,只有三个人正式通过了空间飞行测试。

汤姆皱起了眉头思索着,说:"看起来我们应该到圈外找人了。"他提出斯威夫特建设公司的一些人选,巴德答应去测试他们。

那天晚上汤姆回家,重重地坐在安乐椅上,觉得疲惫不堪,晚饭也吃得很少。妈妈和桑迪知道汤姆是因为工作过度紧张的缘故。

"你不觉得你做太多事了吗,亲爱的?"斯威夫特夫人试探地问儿子,"如果你能给自己放几天假,我相信你会好很多——而且工作效率也会提高很多。"

"我真的想这样,妈妈,但我不能离开工作。"他说。

"但是,汤姆,"桑迪开口说话了,"假期不一定是摆弄大拇指或者是浪费时间!"她走了过来,坐在汤姆椅子旁边的坐垫上,建议:"你可以利用假期完成你的空间站计划。"

"那我该怎样办呢?"哥哥问她,在微笑中可以看出他并不相信她们的说法。

"寻找击晕凯恩的那个人的线索,警方还没有找到他,我们可以组成四人团队,你、巴德,还有菲利斯和我!"

"这是一个不错的想法,"斯威夫特夫人说,"你们可以住在劳森斯家。我上个月还收到了他们的来信,邀请你们年轻人去他们那里做客。"

"噢,汤姆,快说同意吧!"桑迪催促说,"我们会玩得很开心的。"

劳森斯一家是两位年岁已高的夫妇,是斯威夫特一家多年的朋友,他们住在一个滨海区。

汤姆非常喜欢桑迪边工作边玩的建议,可以搜寻凯恩的攻击者,还可以到温暖的蓝色海水中游泳。最后他同意这个建议。

巴德和菲利斯对于这个想法非常感兴趣,两天以后,四人团队驾驶直升机出发了。

在飞离肖普顿的时候,他们看到快克电池公司的另一个实验气球。汤姆的妹妹喊着:"快看,同样的事情又发生了!"但汤姆还是笑着远远地避开了气球。所有的人都看到气球炸成了碎片,这时一个小的降落伞带着一些设备向地面落去。

"噢,我的老天爷!"巴德大叫道,"但愿我们不在他们航空照相机的取影范围内,否则,我们又得面临一个诉讼!"

借着喷气机的推力,直升机以很快的速度飞向天空,没用多久他们便快到达目的地。汤姆坐在控制面板前面,菲利斯坐在汤姆的旁边。菲利斯问汤姆希望怎样找到攻击凯恩并且发出警告的那个人的线索。

"非常有可能,这伙人知道我们想做什么。"汤姆回答说,"我觉得他们很快就会跟踪我们,不用麻烦我们去找他们。"

这时桑迪想要驾驶直升机,汤姆很乐意把驾驶的位置交给她,他非常相信她的驾驶技术。这个女孩早就很善于驾驶所有的飞行器。

"开始的时候,你会觉得来回转换旋翼有些棘手,"汤姆解释说,"但是你很快就会找到感觉的。"

第六章 一起度假

汤姆在教完主要操控方法以后,又给妹妹展示了按下按钮后翼尖是如何向下收拢的,这时翼舱就能起到浮舟的作用,这可以用于在水上着陆。她在两个适合的地方试着着陆,一个是在陆地上,另一个是在一片无人的水域上。很快,桑迪的飞行技术达到了老飞行员的水平。

"噢,汤姆,这个飞机开起来就像做梦一样!"她大声说。这时飞机已经要着陆了。

很快他们飞行在一条像丝带一样的高速路上,这是在闪着蓝色波纹水域中连接海峡上群岛的高速路。桑迪平稳地把飞机降落在水面上。

劳森斯夫妇就在这里等着他们,用车把这些年轻人接回了家。吃过午饭后,女主人笑着说:"我想你们非常想去海滩,那现在就去吧,今天的海水非常漂亮。"

没有多长时间,汤姆和朋友们就已经在闪亮的白色沙滩上晒太阳了,他们穿着游衣,待在大条纹的太阳伞下面,周围有很多度假的人。

这时候大家说话很放松,但最后又回到了空间站的话题上了。"你确定在哪里发射火箭了吗?"菲利斯问汤姆。

"爸爸在太平洋接近赤道的位置确认了一个地点,"汤姆说,"发射地点应该在海洋的中间,这样的话,每个火箭的头两节在燃尽后,可以安全地坠落下来。"

汤姆用贝壳在沙滩上做出草图,继续说明火箭的路径,先是起飞向上飞行,再慢慢向西倾斜的路线飞行。攀升到35680千米高度时,就会以水平的方向飞行了。

"此后它们将沿着轨道飞行,总是保持与地球同一点相对的位置。"

"你意思是说空间站会保持在同一个位置？"菲利斯问。

"是的。"

"真是不可思议呀！"桑迪说，"空间站是不是必须得保持非常快的飞行速度才能做到这一点？"

"每小时约11000千米以上，"汤姆笑了笑，"再细算下来就是每秒钟达到3千米。"

菲利斯说："天哪，让我想一下这个速度就已经头晕了。"

汤姆笑出声来，接着说："我们所有的人在宇宙中现在的旋转速度也是非常快的，实际上，处于地球赤道上的人旋转的速度几乎达到了每小时1600千米的速度，我们现在的速度略慢一些。"

"怪不得我觉得有些头晕呐，"巴德说，"而且我一直以为是因为两个漂亮的女孩子的美貌。"

"不要让他的胡说八道破坏了我们的想象世界，汤姆！"桑迪笑着说。

"不开玩笑了，"巴德接着说，"在空间站中太阳射线带来的热量应该如何处理呢？是不是温度会很高？"

"你说得非常对，"汤姆淡淡一笑说，"我认为空间站外面的温度能达到800℃，这就意味着要为空间站建立一个非常有效的冷却系统。"

"还得有一个制热系统，"桑迪插话说，她记起了与爸爸讨论过这个问题，"爸爸说在黑暗两个小时后，空间站的温度会达到零下272℃。"

"真的吗？"菲利斯感到有些奇怪，"地球可没有达到这样的

高度。"

汤姆告诉大家，地球和表面的大气层在晚上能保持太阳的热量。"可能会变得冷一些，"他接着说，"但与宇宙相比，冬天的零度还是比较舒服的。"

"用什么方法能克服热的问题呢？"巴德问。

汤姆说："首先，空间站要用镁来建造，这种材料表面光滑，几乎是白色的，这样，它会反射热射线，而不吸收它们。其次，空间站还要包一层托马塞特做进一步保护，里面还要有双层的薄钢板，中间填有绝缘层。"

"好了，你可以不用往下说了，"桑迪大笑着，跺着双脚，"我们这次是来度假的吧，我们把空间站的事先放在一边儿，去游一会儿泳吧，谁最慢谁就是最大的白痴！"

四个年轻人边喊边笑着跑过了沙滩，跳进了蓝绿色海浪中，一会儿他们就像海豚一样在水中欢跃起来。

当他们从水中出来时，身上还滴着水，精神饱满，他们大步回到自己竖起的沙滩阳伞的位置。阳伞下面的沙土上有人摆了一个汽水瓶。菲利斯是第一个看到的，她惊讶地喊了起来，瓶子里被塞了一个纸卷。

"是劳森斯一家给我们放的吧，"汤姆一边拿起瓶子，一边取出这个纸卷，但是这张纸条并不是来自朋友的，纸条上印着这些字：

汤姆·斯威夫特：

放弃你们的调查，好好地待在家里，这是最后一次警告！

第七章　奇怪的脚印

汤姆看着这封恐吓信，桑迪有些害怕，抓住哥哥的胳臂。"噢，汤姆，"她小声说，"不管怎么说，我都不该说服你来这里，也许我们应该马上飞回肖普顿。"

"这么说，这些骗子吓得我们不能度假了？我们不会有事的，妹妹！"汤姆安抚地拍了拍妹妹的手，"放心吧，我们先看看能找到什么线索。"

"难道你不在乎这个警告？"菲利斯担心地问。

"当然在乎，但没有必要紧张，有一点是肯定的——敌人就在我们附近，而且还在沙滩上。只要我们抓住他就好了！"

"这个事儿可没有那么简单。"巴德说着并朝周围看了看。

其他人也都环视了一下四周，这里到处是人：有人平躺在沙滩上；有人在晒太阳，戴着墨镜；还有些人在太阳伞下面说话或打扑克。汤姆问了几个人，但都说没有发现可疑的人。

"这都没有用！"桑迪失望地说，"你怎么可能找到在瓶子上塞纸条的人呢？"

汤姆皱起眉头，开始研究太阳伞周围的各种脚印，说："看这些脚印对我们也不会有太大的意义。"

"等一下！"巴德大声说，"我还不太敢确定！"

第七章 奇怪的脚印

听到朋友这样激动的声音后,汤姆抬起头,他问道:"发现什么了?"

"可能是线索,"巴德指着沙滩,"对我来说,我好像能分辨出带来汽水瓶的一串脚印,你们都在这里等着,我看看能不能追踪到这个人。"

汤姆和两个女生紧张地看着巴德费力地在沙滩上走远了,但他小心地避开沙滩上的脚印,不让自己磨掉原来的脚印,眼睛盯着沙滩。他向一个水泥小路走去,小路上有很多穿着鲜艳沙滩服的人在散步。

到达小路后,巴德停了一下,上下看了看,然后转过身来,缓慢地往回走,一脸失望的样子。

"白费力气了,"离大家还很远的时候巴德就沮丧地喊着,"不管这个家伙是谁,都是很聪明的,是从人行道上走开的。他知道在水泥路面上是没有脚印的。"

"那这些脚印本身如何?"桑迪问道,"有没有特征性的东西?"

"我没有注意到有特征性的东西。"巴德回答说。

"我们仔细地看一看。"汤姆建议说。

大多数的脚印都有些模糊,只是有一串脚印非常清楚,汤姆和大伙蹲下来,仔细检查。

第一眼看去,脚印非常普通,但一会儿桑迪大声说:"快看!这个脚印的拇趾比正常的要短!"

她指着一个右脚脚趾的拇指,它比旁边的第二趾要短一些,而且相对另一只脚的脚拇指也小一些。

"真有你的,桑迪!"汤姆说。

"但我还是没有弄明白，这对我们有什么帮助，"巴德嘟囔着。

菲利斯笑了，然后说："为什么没有帮助呢？你们需要做的只是像《水晶鞋》里的王子信使一样，遇到一个人就让他把鞋脱下来！"

大家全都笑了，眼下他们先不去找这个人了，但是他们谁都没有忘记这件事情。

接下来的两天里，汤姆的神秘敌人没有做任何行动，这几个人也没有得到任何线索，沙滩上再也没有出现过脚拇指短的人。

汤姆很喜欢这个假期，把大部分的时间都用来晒太阳，但是他的发明头脑从来就没有停止下来。一天他好像睡着了，大家却突然看到他打了一个响指。

"你这是在干什么呢？"巴德问。这时，他正在跟两个女生玩抢答问题。

汤姆用双肘把自己的脑袋支了起来，眼睛里闪着亮光。"我想我找到我太阳能电池问题的答案了！"他大声说，"我要使用一个刚刚想起来的全新合金！"

"热力火箭！？"巴德笑了，"你什么时候能停下你的发明吗？"

汤姆根本不在意巴德的玩笑，说："我们回去后就做一些这样的电池。然后用火箭把它送到天上试一试。如果效果好的话，我就把它命名为太阳合金，你们不认为我们有足够的——"

"不，我们没有足够的假期，"桑迪打断了他的话，"而且，我们还没有找到给我们送恐吓信的人。"

第二天一大早，她和菲利斯来到沙滩玩水，她们在玩抛球，然

第七章 奇怪的脚印

后准备进到水里。突然菲利斯停下了抛球,她来到桑迪的耳边小声而激动地说:"看那边儿的那个——穿条纹短裤的那个男的!注意他的左脚,他的大脚趾和我们以前在沙滩上看到的那个脚印是一样的。"

桑迪偷偷地向菲利斯指示的方向看了一眼,这个男人伸展着躺在沙滩上,用一个大毛巾盖在眼睛上,遮挡太阳光。

两个女生会意地相互看了一下,然后一起偷偷地观察那个男子。他的黑头发剪得很短,虽然他的脸大部分被毛巾遮盖住了,但是她们能看出来这个人30多岁。桑迪转身对菲利斯小声说出一个计划——她们要了解更多的情况。

两个女生漫不经心地把自己的阳伞向躺着的这个男人那里挪近了一些,然后又开始玩球。桑迪故意让球从自己旁边飞过去,球落在几米以外的地方,正好滚动着撞到了这个男人的腿上,这个人惊醒了。

桑迪赶紧过去捡球,非常客气地道歉,"噢,非常对不起!"她说。

这个男人回以友好的一笑,这一切给桑迪的感觉是,他根本就不像是一个罪犯,毫无疑问是一个温文尔雅的人。

"没有必要说对不起,"这个陌生人和蔼地说。

桑迪低下头,皱起了眉头,"你是不是那个住在劳森斯隔壁的人?"她问道。

"恐怕不是,"他笑了,"如果你的话能让我们成为好邻居,我真的希望是这样。"

他可真会说话!桑迪笑了。她和菲利斯停下游戏,待在伞的下面，她们与这个可疑的人聊了起来。

陌生人告诉她们，他是一个退役的军官，刚从通信兵部队退伍，他来这感受阳光，也好好休息一下。

"另外，"他补充说，"我介绍一下我自己，我的名字是肯尼思·霍顿。"

"我叫桑迪·斯威夫特，"桑迪也介绍了自己，"这个是我的朋友，菲利斯·牛顿。"

了解到她们想得到的信息后，两个女生打断了谈话游泳去了。

"你认为我们把名字告诉他算不算是犯傻？"菲利斯有些疑惑地问。

"这有什么区别呢？"桑迪回答说，"如果他是监视汤姆那伙人的，他就应该知道我们是谁了，如果不是的话，那么——"

"咱们快点回去，告诉他们我们发现的情况！"菲利斯催说。

两个女生回到劳森斯家后，把见到这个男子的全部情况告诉了汤姆和巴德，两个男生则快速跑到沙滩上去见霍顿。

"这么说来，就是他把恐吓信送来的！"巴德大叫着，握紧了拳头，"好吧，我们去看看他能把牛吹多大，来个正面对决！"

但是汤姆扯住了朋友的胳臂，说："放松点儿，哥们儿，我们应该先通知调查局，让他们处理这个人。无论如何，我们都需要他们的帮助，让他们来检查他军队的背景。"

汤姆和政府部门联系以后，做出了离开的决定。

第七章 奇怪的脚印

"我们在这里收获很大,多亏你们女生呀,"他说,"但是我真的想回到实验室工作了。"

第二天早晨,年轻人驾驶着飞机起飞,快到中午时,他们在肖普顿降落。吃过午饭后汤姆马上在他的金属合金实验室开始工作,试试用于太阳能电池的那种新型合金的想法。

汤姆在一个小的电炉子上熔化多种少量的金属,而巴德在旁边认真地看着。但他测试取得的结果,并不令人满意。汤姆使用不同的金属比例反复进行这个熔化的过程,最后终于找到了最佳比例,合金具有很好的延展性。

"下面我把这个合金放进滚轧机里面。"他告诉巴德,然后来到了里面都是大型设备的一个车间。

汤姆按下墙上的一个电钮,很多表面光滑的轧滚转动起来,他把这块合金加热后放在滚轧机里面,最后被挤成非常薄的薄片。

"你妈妈用擀面杖都擀不出这个水平,"巴德说着俏皮话。汤姆在剪裁机上把这个金属薄片修剪好。"这就是太阳能合金。"汤姆说着捡起来切下多余的部分。

"我们就把这种金属薄片叫作太阳能合金一号。"汤姆苦笑了一下说,"我们可能需要研究到十六号才可能找到我们真正想要的合金。"

"接下来该做什么呢?"巴德问。

"我会用在费林岛的火箭把它送到天上接受射线照射,"汤姆回答说,"然后我们把它放在电池里进行试验。"

"听起来很好呀,"巴德说,"但你可不能把我和它一起送到天上去!我和你这个太阳能合金会一起爆炸。"

"有道理，"汤姆说，"我会再一起送上一个人体模特。"年轻的发明家热情地拍着朋友的后背笑了。

费林岛是斯威夫特企业集团的火箭测试场，这是一个拇指形的地域，上面有沙丘和蟋蟀草，远离太平洋海岸线。这是一个政府管辖的地区，有严密的保卫设施，有两道防卫的无人机，无人机经常在岛上飞行。

用无线电提前告知要来到这里后，两个年轻人由汉克·斯特林陪着驾驶直升机起飞。在他们看到费林岛时，汤姆向控制塔通报了自己的姓名，调度员拨动一个开关，解除防卫，然后这架流线型的直升机飞入领空，并降落到地面上。

"你想使用什么样的火箭来测试你的太阳能合金？"汉克问。

"一个小型的导弹，"汤姆回答说，"我要使用一个在火箭前端开出的专用舷窗。"

在火箭头部的舷窗上面，有一个石英的透明窗，会自动开关。太阳能合金薄片就放在它的下方，在上升或下降中经过大气层时石英窗会关上，以保证合金薄片避免升温或氧化。越过大气层后，石英窗再度打开，以便太阳能合金能接受最多的太阳射线。

他计划发射时间是第二天中午，这样可以保证得到最多的太阳辐射。十五分钟以前，汤姆把飞行命令卡带放进自动驾驶舱，这能让导弹安全返回地面，最后他们把导弹封装起来。

几分钟后男孩们站在高高的跟踪平台上的围栏边。汉克用公众广播系统开始说话："所有在发射区域的人员请马上撤离！两分计时！"

第七章 奇怪的脚印

汤姆看着自己手表倒数着秒数,当倒数到0时一声巨响让地面都震动起来,火箭喷着火舌从发射塔升起,向天空飞去。

在火箭跟踪室里,雷达工作人员已经绘制出飞行路线,当火箭消失在蓝色的天空中后,汤姆和巴德快速来到室内观察,紧张的时刻已经过去了。

汤姆接下来说:"现在它已经达到了最高的高度,——720千米,如果舱窗打开——"

"这个太阳能合金就会沐浴着阳光。"巴德接着说出汤姆的话。

"现在火箭开始往回飞了。"汉克宣布。

几分钟以后,天空传来了轰鸣声,接下来就看到一条白色雾气。

"看看喷出的那样的火光!"巴德大叫着,火箭进入浓密的大气层后发出的轰鸣声让巴德非常兴奋。

他们看到,随着火箭像箭一样接近地面,超冷的水蒸气尾巴越来越长,两个年轻人朝海滩跑去,想看看太阳合金接受照射后的结果。

火箭离得越来越近了,汤姆看到舱窗里发出耀眼的闪光,他扑倒在地上,大喊:"巴德!趴在地上,遮住眼睛!"

汤姆·斯威夫特和他的空间前哨站

第八章　来自海上的困境

巴德跟在汤姆的后面慌忙扑倒在地上，两个男孩用胳臂遮住自己的眼睛，片刻之后从火箭发出了耀眼的闪光。

在他们紧闭双眼时，他们仍能看到炫目的光亮。光亮消失以后，汤姆小心地睁开眼睛，看到巴德正在慢慢地站起身来。

"用空气动力学给我解释一下这个事情吧。"巴德喘着气说。

汤姆半开玩笑地说："听起来有些过头，这个闪光表明我们的实验是成功的。"

"什么样的成功呢？"

"到这边儿来，我指给看，"汤姆带着巴德来到烧得严重的火箭前，指着已经发黑的舷窗，"看看石英窗周围的金属框，变化了吗？"他问。

"哇！"巴德大声说，"已经融化并与火箭的外壳变成一体了，这个闪光的热量一定是非常大的。"

"是的，"汤姆同意这个观点，"这意味着我们的电池在宇宙中充上了很多的电能。"

"这样说来，你的金属薄片将来会很有用！"巴德的热情高涨了起来。

"好吧，太阳能合金从太阳射线中获得了能量，"汤姆解释说,"换句话说,大量的自由电子获得能量后处于激发状态,并被金属薄片的表面捕捉,但问题是捕捉后没能把它们保持在这里。"

"你的意思是电池发生了短路?"

汤姆点点头,说:"就是短路造成了闪光,很明显,太阳能合金在充电的状态下变得很不稳定。眼下的问题是给这种东西找到一种脱敏剂——这样才能防止它像刚才一样突然放电。"

这时,汉克·斯特林和其他的工程师也来到了现场,他们聚到两个年轻人的身边,听着汤姆的讲解。

"刚才发生了什么事儿?"汉克问着年轻的发明家,"你想把这个火箭带回去研究吗?"

"是的,"汤姆说,"看起来我们还得把它切割开。"

人们把火箭搬上了一个运货车,再搬到实验室的大楼里。汤姆和巴德站在旁边,用护目镜看着焊接工人用乙炔把融合的部分切开,然后汤姆取下了火箭里面的电池,再从电池里取下太阳能合金,原本明亮的金属薄片表面变成了深灰色。

"在闪光的时候,金属薄片完全氧化了。"汤姆自言自语地说。

"别说这种沮丧的话,哥们儿,"巴德拍着汤姆的后背说,"你没有和金属薄片氧化就应该高兴。"

汤姆笑了,然后变得严肃起来。"如果商业化的电池就这样失败的话,"他说,"给顾客一根3米的杆子,他们也不想用它碰我们的电池,这会让我们的市场在一夜间崩溃。"

接下来的几天里,汤姆利用岛上的设备研究他的脱敏剂。

一天早上爸爸打来了电话,问道:"工作进展得怎么样,

第八章 来自海上的困境

孩子?"

汤姆告诉他说:"下周早些时间再做一个电池试验,我已经准备好了。"

"非常好!我打电话就是想告诉你,我今晚飞去太平洋。"

"想看看我们空间站新的发射地点吗?"

"想看呀,是一个小的地方,在地图上都算不上一个小点,我们刚收到通行证。"

"这真是太好了,爸爸!"汤姆大声说,"等你回来时,我会解决电池所有的问题。一路平安!"

汤姆挂断了电话,又回到了自己的工作中,他热情更加高涨,令人兴奋的前景让他感到激动。

如果运气好的话,他会率先到外空探险,给地球建设一个新的卫星!

很快就到周末了,年轻的发明家还在为解决自己的问题奋战,但最后他觉得已经把它解决了。周六的夜晚已经很深了,巴德过来看汤姆为下一次试验组装的电池。

"嗨,你的太阳能金属怎么变颜色了?"他用怀疑的眼神看着,"比以前更深了。"

"这是因为加了脱敏剂,我把它混在里面了。这样的话,在进入地球大气时,它就不会像闪光灯泡一样脱落下来。"汤姆回答说。

年轻的发明家解释说,他用测量过渡金属元素硫化物作为脱敏添加剂,在太阳能合金熔化后混在里面。"我们这次装上四组电池。"他说。

"如果旧的太阳能合金氧化了怎么办?"巴德问。

"我会把火箭炸掉。巴德,但我认为这次不会发生这种情况了。"

汤姆把四块太阳能合金薄片卷了起来,放进筒状的电池中,这个筒也是汤姆用自己发明的塑料做成的,叫作铸模塑料。然后他向电池高压加入了氨水,四个电池都加满以后,汤姆把它们封好。所有的电池准备好后,他把电池放进一个铸模塑料的盒子里面,顺手把盒子递给了巴德。巴德高兴地吹了一声口哨。

巴德兴奋地说:"这很轻呀,一个孩子拿起来都能容易。兄弟,等汽车生产商听到我们产品的消息后再看效果吧!"

汤姆嘿嘿地笑了,说:"巴德,如果你手里的这个电池成功的话,它所提供的电力足够一个车队使用!"

周一的中午,汤姆和巴德在跟踪平台上紧张地看着第二个试验火箭起飞,火箭上带有新型的电池。

汤姆看了一眼手表。"巴德,我有一个期望,"他小声对巴德说,"如果这次试验——"

有一个声音在叫他的名字,打断了他的说话,"汤姆!请马上来我们这里!"

两个年轻人快速来到乔治·迪林的控制室,原来是乔治要见他们,他脸上有些紧张。迪林是费林岛的无线电负责人,眼下负责雷达跟踪小组。

"出什么事儿了,乔治?有什么问题吗?"汤姆和巴德见到乔治后开口便问。

"与火箭没有关系,是示波器!你的天空朋友发来了一条消息。"

迪林说的是来自另一个星球的神秘生物的消息,他们与斯威

第八章 来自海上的困境

夫特一家用数学符号进行交流。第一次信息是关于一个奇怪陨石样的导弹,这个导弹落在了斯威夫特企业集团的院子内。此后,汤姆和爸爸多次接收了信息,并进行了解码。斯威夫特先生记录下来所有的符号并编了一本词典。这一次的信息说,发送信息的生物的智慧很高,已经解决了宇宙间航行的问题——只有一个问题没有解决,他们想访问地球,但还不能穿过大气层。

汤姆和巴德来到示波器前,他们看到有一些奇怪的符号,一个工程师已经在纸上抄写下来一部分,并把这张纸递给了汤姆。

巴德大声说:"这个机器发疯了!"

脉冲信号比以往都要强和快,汤姆用最快的速度抄写这些符号,根据以往的信息,他一眼就能看出来。

突然出现了一个奇怪的符号,汤姆从未见过,还没有来得及记下这个符号,机器关机了!

汤姆快速检查机器,抱怨地说:"脉冲的能量太大,把阴极射线管烧坏了!"他显得有些失望。

"信息上说的都是什么?"巴德焦急地问。

"给我点儿时间,"年轻的发明家回答说,"我这里没有爸爸的《宇宙词典》,所以翻译起来就比较慢。"

这个时候,一个雷达跟踪员宣布,他们发射的火箭现在向下转弯了,汤姆收起纸笔向外面跑去。

"快来呀,巴德!"他叫巴德,"我们一起到海滩,看看这次电池的效果,我们以后找时间翻译这个信息吧。"

两个年轻人一起跑下跟踪平台的金属楼梯,他们跑到水边时已经上气不接下气,很多的工作人员已经到达了这里。

"它回来了!"汉克·斯特林提示大家,并向几个人挥手示意后退一些。

一颗光滑的金属灰火箭正在从天空下降，向小岛飞来，嗖的一声，落在沙滩上并滑行了一段距离。

"巴德，快看！舷窗没有发出闪光！"汤姆高兴地喊着。

在他跑到火箭前，汉克抓起他的胳臂，并指着大海，惊恐地喊了起来。在最外围无人机以外，大家看到有一个巨大的水柱喷向空中！

其他的人员都看到了水柱——还有一些其他的东西，有人高声地说："海啸！"

一个3米高的大浪不知从哪里升起来了，以最快的速度拍在海岛上。

所有的人都惊呆了，听汤姆叫喊着"快逃命！"后才回过神来。

大家一起向高地跑去，但是没过几分钟，随着一声咆哮，巨浪卷过了海滨，把这一切都吞噬掉了。

汤姆和他的朋友们被无助地卷入水里。

第九章 冒险的营救

波浪拍打在汤姆的头上，咸咸的海水让他睁不开眼睛，鼻子里和嘴里都呛满了水。他不停地从水下浮到水面呼吸，每浮上来一次又被咸咸的海水当头拍下来。

汤姆在慌乱中感觉水流把他冲向很深很危险的近海海峡！有一次他看到他的一个朋友在附近挣扎，大家只能自己顾及自己了。

他的肺有些疼痛，但最终还是适应了水流，向海岸线游去。他在水中搏击和挣扎，最后到达岸上，蹒跚着向沙滩走去，然后扑倒在湿漉漉的沙滩上。

过了很长时间汤姆才开始有了呼吸，他想要坐起来，这时他感到有人扶起他的肩膀。

"巴德！"汤姆大声说，转过头来，"谢天谢地，你没事了！"

"只是全身都湿了，"他的朋友说，并试图拧出长袖衫里的水，"你怎么样？"

"我觉得，我好像喝了好几升的海水。"

汤姆站了起来，但还有些站不太稳，他们看到在几米远的地方，汉克·斯特林向从海浪中爬出来的人伸出手。火箭站里的其他工作人员分散在海滩上不同的位置，身体都在恢复中。

"大家都在吧？"汤姆问，一边迈着沉重的脚步朝汉克走去，巴德跟在他的身后。

"最好先检查一下再说。"工程师回答。

大海已经平静下来，汤姆看到远处的救援船正在向附近快速驶来，很明显这是控制塔发出警报后，从北部码头调来的船只。

"威尔·巴罗不见了！"汉克大叫着，"有人看到他吗？"

其他人都过来了，听到这个消息后，大家有些震惊。巴罗是一个技术高手，年龄又略大一些，所以体力不是很好，在大浪中他可能倒下了？

"看，他在那里！"大家顺着汤姆手指的方向看去，离海岸很远的地方，他们看到一个人的头在海浪中一会儿上来一会儿下去。

汤姆的脸一下子变得苍白了，他想起巴罗的妻子和家庭——难道他必须告诉他们，威尔在参与斯威夫特的一项计划中不幸遇难了。

"我得去救他。"他对大家说，边说边甩掉脚上的鞋子。

"不要胡闹，汤姆！"汉克抓住他的胳臂大声说，"你的身体状态不适合游泳！救援船会把他打捞上来的！"

"来不及了！"汤姆咬了咬牙，"威尔不能冒这个险！"

年轻的发明家挣脱了大家拦着他的胳臂，跳进了水里，他快速而有力地划水，向这个正在溺水的人游去。

汤姆原本就非常疲劳，加上又开始与海水搏斗，有些坚持不住了，他的呼吸变得非常困难，胳臂酸痛，但他仍在奋力向前游去，心中只有一个念头：必须得救回威尔·巴罗！

第九章 冒险的营救

游到看清威尔的头和肩部时好像用掉了几分钟的时间,他在旋转的黑灰色水流中力气越来越弱。

汤姆调动自己的全部力气,用最后冲刺的力气向这个人游去,他用一只胳臂抱住这个人的胸部,用另一只手游水,向岸边游去,但对他来说,岸边显得如此遥远。在汤姆游过十几米后,他意识到自己已经无法再游下去了,他感到头有些晕,而且心在怦怦地跳着,他的力气渐渐消失。

这时,他听到远处有摩托艇马达的声音,但他已经没有挥手的力气,他紧紧地抱着威尔·巴罗,他的意识开始有些模糊。接下来汤姆感觉到他和威尔·巴罗被拖上了船,很快还有很多手臂都来帮助他们上岸,岸上的人员齐声欢呼和祝贺。这时有两辆吉普车飞快地向汤姆和威尔开来,并把他们送到了岛上的诊所。

半个小时后,汤姆裹着毯子,在自己的病床上坐了起来,和巴德、汉克一起喝着滚烫的可可。卡曼是费林岛上的全科医生,他要求威尔·巴罗卧床休息,恢复身体,而汤姆好像已经顺利地恢复健康,无须特殊的治疗。

"我很想知道引起这个潮汐的原因,"年轻的发明家思考着,"我倒有一种这是人为的感觉。"

"兄弟,你的直觉是对的,"巴德痛苦地说,"发生潮汐事件时,控制塔的操作员看到水上有飞机在飞行。"

"看样子就是这么回事儿了!"汤姆打了一个响指,"那么飞行员一定是投下来一个炸弹!"

巴德点头,说:"我想也是这样的。"

"还有很多不好的消息,你还没有听到,汤姆,"汉克·斯特林郁闷地插嘴说,"你发射的那个火箭被潮水冲走了,现在它

第九章 冒险的营救

可能在海峡底部的某个地方。"

汤姆斩钉截铁地回答："汉克，抓紧组织一条救援船开始工作，派潜水员下水。"

"马上行动，机长。"在汉克离开前，向前伸出手拍了拍汤姆的肩膀，"但是听我说，汤姆，从现在开始，记住我的建议，要小心每一件事——和你的每一个动作！这已经是针对你的第三次攻击了，下一次你可能就不能这么幸运地躲开了！"

巴德在汉克说完后也提示汤姆要多加小心，汤姆答应自己会小心，但是他很理性说："麻烦的是，这些攻击不是你们说的那种可以小心得了的，比如这个导弹，或者是我们在寻找发射点时的爆炸，我们都无法提前准备，和今天的事情一样，我们怎样才能提前准备呢？"

汉克认同这个事实，补充说："正因为这样，才更应多加小心！"

"你是对的，和以往一样，汉克，"汤姆体贴地说，"但有一件事是可以马上做的。"

汤姆换上干燥的衣服后，向通讯室走去，巴德跟着他，问道："现在去哪里，哥们儿？"

"警方正在调查霍顿这个人，"汤姆解释说，"我要给他们打电话看看进展，这可能会给我们一个关于针对我们计划的线索。"

几分钟后，他与警官通话。

"这可能会让你感到意外，"警官报告说，"霍顿少校绝对没有问题。我们检查过他的档案，我们查过他所有活动，霍顿没有参与破坏活动的可疑性——他还得过一枚勇敢者银质奖章，我们没能找到他对你和你父亲不满的证据。"

"真的是有些意外！"汤姆大声说。

"不过还是有一件事你会感兴趣，"警官接着说，"在霍顿结束度假时，他想在火箭方面找一个工作。"

汤姆有些惊讶，他突然闪出一个念头，他说："如果你们认定他是可信的，那就把他介绍到肖普顿来，让我们面试他，我们也正在招火箭方面的人。"

打完电话后，汤姆告诉巴德这个奇怪事情的变化情况，但是他的朋友非常反对让霍顿参与他们新的计划。

"你不能告诉我海滩上有两个人都是大脚趾比较短吧？"巴德反对说，"这真是太偶然性了。"

汤姆告诉巴德，他们对霍顿再做一次全面检查。然后他换了一个话题，他提示巴德，他们还没有翻译宇宙发来的信息。汤姆用电话要求斯威夫特企业集团送过来一份爸爸的《宇宙词典》复件。

词典是用穿梭飞机在傍晚送到的，汤姆回到与巴德一起住的房间，坐下来开始翻译早些时候在示波器上抄下来的那些符号。汤姆一个一个翻译着符号，巴德在旁边看着。

年轻的发明家从桌子上抬起头来，巴德好奇地问："翻译多少了，这都说了些什么呢？"

"如果我的翻译都是正确的话，"汤姆回答说，"这个信息是告诉我们，宇宙的朋友住在火星上一个他们自己制造的卫星上。"

"他们自己制造的卫星！你的意思是他们自己建造的一种空间站？"

"是的,他们用这个卫星生产宇宙火箭。信息中还说,造好火箭后,他们会邀请我们去做一些事情呐。"

"让我们做什么?"巴德好奇地问。

汤姆摇了一下头,说:"很遗憾,信息在这里中断了,设备关机了。"

"噢,好吧!"巴德有些不耐烦地说,"这样我们不知道他们想跟我们说什么,我们得等他们下一次再发信息了,这可不是几周的时间!"

"我没有说自己不理解,"汤姆纠正说,"事实上,我相信我知道他们的意思了。"

第十章　赢得电压战

巴德惊讶地看着他的朋友。"不要吊我的胃口了,天才的年轻人!"他请求汤姆快说,"快点儿吧!火星空间站都有什么消息呢?"

"你还记得宇宙朋友以前给我们发的信息吧?"汤姆问。

"当然记得,他们想造访地球,但是没有想明白他们如何在地球大气中生存——大体是这个意思吧?"

"非常正确!但这些信息并不能很好地说明他们的样子,我和爸爸对他们的身体结构还没搞明白。"

巴德微笑一下,说:"他们可能是虫子或鱼样子,或者是我们这里没有的一种东西?"

"正确,所以我们也无法给他们提出任何建议。"

"他们脑子里想的是什么呢?"巴德问。

"我的直觉是,他们暂时放弃了这个想法,他们现在是想让我们去他们那里。"

"是吗?这是什么意思呀?"巴德大叫起来,好奇地瞪大了眼睛,"哥们儿,类似这样的旅行我是比较合适的!"

"我也合适,"汤姆说,"而且还有一点——去他们的卫星比去火星容易,因为我们不需要应对有毒的大气。"

第十章 赢得电压战

"好呀,你已经把我说服了!"巴德激动地说,"我们还需要多久能出发?"

汤姆笑了,说:"别着急,爱飞的男孩!在攻克跨星际空间方面,空间站仅仅是第一步。而且去火星卫星的旅行,比我希望的时间还长很多。"

"那得多少时间呢?"巴德很好奇。

汤姆想了会儿,说:"如果按照我们现在火箭的速度,来回需要两年半的时间。"

汤姆接着说:"其实有一半的时间将用来等待返回的最佳时间。"

巴德的脸拉长了,"好吧,一个挺好的梦——就这么给弄醒了。"巴德沮丧地说。

"别太当回事,"汤姆呵呵地笑了,"我们也会把这个问题解决的,同时,如果火星人比我们乘火箭的速度更快的话,也可能他们会来到我们的空间站,我会向他们发一个信息,告诉他们我们正在计划建空间站。"

汤姆利用《宇宙词典》,把这个想法写成一个公式。他们会在以后的时间里用高能无线电把这个信息传递给他们的空间站。

巴德上床休息时,已经是午夜以后很长的时间了,而等巴德在自己的床上醒来,发现汤姆还在工作。

"太不可思议了!"他很惊讶,揉着惺忪的眼睛说,"你还在工作吗?"

汤姆抬起头,苦苦地一笑,他说:"这件事情比我想象得难多了,我需要的符号,在这本宇宙词典中都没有。"

"最好还是把这个事儿放在一边,闭一会儿眼睛吧,"巴德建议说,"否则的话,你明天站着的时候都能打呼噜。"

汤姆打了一个哈欠,伸了一个懒腰,然后往后一推椅子。"你应该是对的,"他叹了一口气说,"我觉得明天得给爸爸打个电话,让他给我一些帮助。"

第二天早晨,汤姆照常出现在他的实验室,研究新型火箭的改进工作,这时电话铃响了。"汤姆·斯威夫特,"他接起电话,顺手拿过来一个设备。

"汉克·斯特林,汤姆,营救拖船刚才打捞上来你的试验火箭,想去海滩一起看一下吗?或者我们把它拖到你的实验室?"

"请弄到我的实验室吧。"汤姆急切地说。

在年轻的发明家等着火箭的时候,有一辆拖车来到了实验室的外面,拖着的一个车厢内放着那个火箭,工人们快速把它弄到大楼里的试验台上。

让汤姆开心的是,火箭并没有因海水的浸泡受损,里面的电池保持良好。成功打捞的消息像野火一样在这个岛上不胫而走,很多工程师和技术员都聚集到这里观看这个试验的结果,人群中还有巴德、汉克和乔治·迪林。

汤姆工作起来非常麻利,他把几个橡胶绝缘的导线接到一个大的控制面板里,再把另外两个导线连到太阳能电池的终端。这时他的心跳得怦怦直响,他退到控制面板这里,合上了开关,电压表的指针快速摆到最右侧,在表盘上向右摆动。

"哇!快看看这个!"巴德大叫一声。

等指针不再摆动时,周围的人几乎不能相信自己的眼睛,汤姆自己也兴奋地吹起口哨。

"可别吓着你!"年轻的发明家笑逐颜开地说,"电压比我原来期望的高出50%。噢,每个电池的测定结果都达到200伏,这样就可以造出电压达到1000伏以上的电池。"

巴德高喊着庆贺成功，拉着汤姆的手上下摆动着，其他的人都来向汤姆祝贺。

"汤姆，你完成了一项非常了不起的发明，"乔治·迪林说，"这会给能源带来革命性的变化。"

"这有可能，如果电池能很好保存充进来的电压，"汤姆说，努力克制自己激动的心情，"我们还得做一个老化试验，然后我们再幻想我们能有多少客户！"

汤姆用了一下午的时间装备了一个专门的测试室，在里面把电池与一个负荷非常大的线路连接起来，然后让它们处于极端的环境下，包括温度、压力和电应力。

"用这些东西想证明什么呢？"巴德问。

"这会告诉我们脱敏剂的效果，"汤姆解释说，"电池在这种环境下12小时就相当于正常环境下6个月的时间，如果电压表指针基本达到昨天测试时的位置，说明我们就真的发现了有价值的东西了。"

第二天吃过早饭，两个年轻人又匆忙地去实验室了，这个时候，电池已经经受了近15个小时的测试了，汤姆从测试室取出电池，迅速接上电压表进行测量，让他高兴的是，电压降低了不到百分之一。

汤姆高兴极了，说："巴德，这说明电池的效能特别好！几年都能保持良好状态——而且，你看他的重量非常轻，这就是我们在空间前哨站所需要的设备。"

"好呀，那么，"巴德满怀热情地说，"如果你已经把电池弄得完美了，那建造空间站还有什么阻碍吗？"

"没有了，"汤姆回答说，"至少可以建造那种用旋转产生人工引力的空间站，我现在希望宇航员可以生活在不用旋转就有引力的空间站里，所以接下来的问题就是开始研究我和你讲过的零—G实验室。"

"直升机在外面等着你啦，先生。"巴德准备好这一切后向汤姆报告。

两个年轻人很快就起飞了，和汉克·斯特林一起飞回了企业集团。汤姆提前和特伦特小姐确定安排与奈德·牛顿见面，地点在汤姆的实验室，时间是下午的两点半。牛顿先生很快就来了。

"嗨！奈德叔叔！见到你可真好！"汤姆说，并和这位皮肤略黑但很有威严的男子握手，然后递给他一把椅子。

"听说你在费林岛有很多让人激动的事情。"奈德叔叔边说边坐在一把扶手皮椅子上。

"我们的确很激动，"汤姆笑着说，"而且我们也有很多让人激动的成果。"他把太阳能电池递了过来，这是他们开直升机回来时带的，奈德叔叔很仔细地看着这个电池。

"汤姆，如果你这个发明能达到原来报告中一半的水平，它就能有很好的市场。"

"你说得非常对，奈德叔叔，"汤姆说，语气很自信，"像这个电池的十分之一的体积，就可以为一部汽车提供终生的电力。而且，我们还可以做一个更大的，能给远洋船提供能量。"

"难以置信！"牛顿先生说。

汤姆接着说："但还远不止这些，这些太阳能电池，在重力是最重要的因素条件下，有其特殊的应用价值，例如在飞行器和火箭

方面,还有可以放在衣兜里的焊接机和牙科钻。"

"成本怎么样?"奈德叔叔插话说。

"开始的时候价格会高一些,"汤姆说,"如果考虑到它的使用寿命,实际上它是目前已知的最便宜的能源。"

"但我们可以这样想一下,"奈德接着说,"电池需要由火箭送到空间去充电并收回,这个费用还是不小的。那么,能否在你的空间站中生产,然后再运回到地面上来呢?"

"这就是我计划做的,在我的前哨站中建两个完整的工厂。"

他们接下来又讨论了一会儿,牛顿越来越感兴趣,在起身离开前,牛顿拍着年轻人的肩膀说:"利润非常可观,你真的已经超越了你父亲了!我认为一年以后,你的太阳能电池一定会有巨大的市场!"

奈德叔叔离开以后,对讲机响了。"有一位叫肯尼思·霍顿的先生正在大门外,"特伦特小姐报告说,"他说是你请他来这里的,门卫想要确定一下是否让他进来。"

"谢谢你,我来安排这件事,"汤姆给门卫打了电话,"你们查验过霍顿的证件了吗?"

"是的,"门卫回答说,"他给我看了退伍证件,一份出生证明,还有警察出具的带有照片的通告证,这一切应该都没有问题。"

"好的,"汤姆说,"给他一个电子腕表,送他来我办公室吧。"

企业集团会给每一个来访人员发放一个专用的腕表,并要求把它戴在手腕上,作用是接收雷达脉冲,否则的话会在雷达屏上显示为一个光点,企业集团用这种方法发现非法进来的人。

汤姆刚放下电话,电视控制板上的信号灯闪亮了,他赶紧过去打开可视电话,上面出现了凯恩的面孔。凯恩是电视主持人,他的语气有些着急。

"汤姆,你是不是已经雇用了一个叫霍顿的人?"

"还没有。"

"那就不要雇用他,"凯恩说,"刚才我收到一个警告说,他是外国特务。"

汤姆吓了一跳,说:"谁派他来的?"

"我不知道,警告上印有超级秘密的标志,但是警告没有签名。"凯恩把这个纸条举到屏幕前,让汤姆仔细看一下。

"好的,感谢你告诉我这个事情。"汤姆回答说,语气中有些不安。

凯恩挂断了电话,乔·温克勒大步来到办公室,他的脸被太阳晒成了古铜色,满脸堆笑。"汤姆,你今天晚上在工厂里吃饭吗?"他问,"如果在工厂里吃饭,我给你做些特别的。"

汤姆几乎没有听乔说话,他在思考着凯恩刚刚传来的让人不安的消息。他只是说:"谢谢,乔,我可能会在5点钟离开。"然后,在厨师转身要离开的时候,汤姆马上加了一句话:"哎,稍等一下!"

年轻的发明家在心烦意乱的同时突然产生了一个想法,汤姆不止一次发现,乔天生就具有看人品的能力。他告诉乔,自己一会儿有一个客人过来,他说:"你就待在这里,乔,观察这个人,然后告诉我你对这个人的看法。"

这个厨师接受了任务,汤姆对他精明能力的认可让他非常高兴。很快特伦特小姐带着霍顿来到了办公室,汤姆看了一眼乔,想了解他的第一反应,让他惊讶的是,这个厨师很意外地张大了嘴巴。

第十一章　让人惊讶的新闻

乔认识肯尼思·霍顿确实让汤姆很惊讶，这个退休的少校是敌人还是朋友？霍顿突然开口说话后，汤姆一下子就明白了。

"乔·温克勒，是你！"

两个人奔向对方，来了一个熊抱，紧紧握手，拍着对方的后背。

"我可怜的三趾野马，我还以为再也看不到你了呐！"乔大声说，然后把霍顿拉到胳臂这么远的位置后，仔细看着，"你是从哪里过来的，兄弟？"

来客简要地告诉他，他从部队退下来后在度假，他接到斯威夫特企业集团的邀请函后过来面试。

"我可怜的大飞机呀！"厨师惊讶地说，这时他想起来汤姆让他做的事情，"我忘了我要做的事情了。汤姆，自打肯尼思·霍顿身高只到我膝盖，到变成一个大人，我都知道他，我在潘汉德尔南部的懒鬼农场给他爸爸打工。要相信我的话，完全可以相信他的话或做的事，没有比霍顿一家更好的人了！"

这下让肯尼思·霍顿糊涂了。"听起来我好像一直因为某种原因被怀疑了。"他有些不解地说。

"你是受到了怀疑,"汤姆承认,"但是考虑到乔对你的了解,我们不会这样认为了。"

接下来年轻的发明家告诉他:自己多次受到攻击,沙滩上瓶子里的恐吓信,还有短脚趾的脚印等等。

霍顿一下子笑了起来,"怪不得我是首个被怀疑的人!"他呵呵地笑着,"但是我还是可以帮上你们的。"

"怎样帮我们?"汤姆问。

"我在沙滩上看到另一个有同样特点脚趾的人。"

"是的,他有黑色的头发,体形瘦高,大约三十岁。"霍顿回答说,"说心里话,我不喜欢他,这个人看起来很油滑,他的话也特别多,他在沙滩上和很多人都聊过天。"

"我想你可能没有听到对我们有提示作用的东西吧?"汤姆问。

霍顿摇摇头,然后皱了一下眉,说:"请等一下!我还记起一件事情,他与一个女生调情,女生提到了他的名字,名字的结尾好像是'曼'。"

汤姆要去打一个可视电话,他请话务员把信号接到电视台。等到凯恩在屏幕上出现,汤姆把霍顿介绍的信息转达给凯恩,并要求他快速转达给警方。

"让他们找到线索后马上与我联系。"汤姆说完挂断了电话。

"收到!"

汤姆回到乔和霍顿这里。乔说,事情已经出现了新的进展,他想知道汤姆是否愿意改变原来5点钟离开工厂的计划。

"好像我得改变主意了,"汤姆说,然后转过来问霍顿,

第十一章 让人惊讶的新闻

"我们一起吃晚饭怎么样?乔可以做一些好吃的。"

"好呀,"退役的军官说,"这样我们就有机会详细地谈谈我的一些想法了。"

乔非常高兴,说:"我去弄一个味道最好的西部大烩菜,你们都没吃过的!"

"听起来不错,"霍顿笑着说。

"我看我们在实验室的前庭吃饭吧,"汤姆建议说,乔走出了房门,汤姆在他的后面叫住了他,"别做仙人掌汁炖眼镜蛇了。"

乔离开后,霍顿说:"我根本就不知道我被怀疑了,现在对我的怀疑已经解除了,那么我能为你们做些什么呢?"

"企业集团需要火箭方面的专业技术人员,肯尼思,你可以成为最合适的人。你喜欢空间旅行吗?"

肯尼思告诉汤姆他对这个方面特别感兴趣,汤姆开始问他技术方面的背景,汤姆对于肯尼思的回答非常满意,然后汤姆坦诚地说:"肯尼思,我真心地希望你加入我们的卫星项目,你有通信部队的背景,我认为你可以成为对我们感兴趣的广播公司的优秀联络人。"

汤姆详细地介绍了这个工作,补充说:"但你要先通过一些测试,这样才可能符合空间旅行的条件,不过得提示你,空间旅行很不容易。"

霍顿听到建设空间站的大胆计划非常感兴趣。"像这样的计划,我一定会全力参与的!"他大声说,"我什么时候参加这些测试?"

汤姆看到霍顿的积极态度,非常高兴,他用工厂的电话给巴德·巴克利打电话，说："尽快来我办公室，我给你那折磨人的测试室找到了一个新的候选人！"

巴德假装发出凶残的笑声，说："我会骑上我的喷气扫把，以最快的速度赶到，不能让他跑掉了！"

几分钟以后巴德大步来到了办公室，汤姆把他介绍给霍顿后，巴德满脸堆笑的样子一下子冷淡了下来。

汤姆很快消除了巴德的担心。"你的冰可以融化了，哥们儿，"他说，"我们已经得到了乔的人品确认了，我们的客人没有问题。"

听完汤姆对这个人的背景介绍后，巴德心里的防备解除了。"对不起，我的行为有些傻，"他道歉说，"但是自上次的事情后，我对沙滩上留下那个脚印的人不太容易接受。"

"这个我不怪你，"霍顿说，"如果我是你，也同样会怀疑——只要把真凶找到就好了。"

"可以想一下，你能相信我把你放进测试室吗？"巴德微笑着说。

"小兄弟，我听从你的安排！"

在霍顿接受测验时，汤姆继续进行他的零—G计划，很高兴已经准备好明天的试验了，然后他回到了自己的办公室。

肯尼思·霍顿回来的时候，已经是五点多了，他坐在一个椅子上。

"测试的结果怎么样？"汤姆问他。

"我真的没有开玩笑，空间测试真的不容易！"霍顿大笑着，"不过我这不还好好地站着嘛，而且你的朋友也认为我没有问题。"

第十一章 让人惊讶的新闻

"祝贺你！我给乔打电话，告诉他我们可以吃饭了。"

汤姆和乔接通电话后，汤姆开车带新来的队员来到一个三层楼的实验室，他把电子钥匙对准大门，这时金属的滑门升起，打开一个自动直升电梯通道，汤姆把吉普车开了进来，又用钥匙按下了一组数字，电梯升到第二层楼。一个传送带把他们的吉普车运送到工厂侧楼里的自动停车场，停车场位于大厅正门的右侧。

霍顿对今天下午看到的所有一切感到非常惊奇，他说："汤姆，我好像进入了一个神奇科学的世界了！"

不一会儿，乔到了，推着一个不锈钢的餐车，上面的食物都冒着热气，飘出的香味让人食欲大增。

这个曾经给农场做饭的厨子咯咯地笑了，说："从来没有想到，看到我推着这种流动餐车吧，小子？"

"没有想到，但是凭你这些饭菜的味道，我知道你的长柄锅的手艺还是一如既往呀！"

乔准备的真是一道大餐，汤姆和肯尼思开始品尝诱人的农场佳肴，有牛排和玉米薄饼。乔看着他们享用着这些美食，很是高兴。

厨师收拾甜点的盘子时，扩音系统呼叫汤姆接听墙壁电话。他拿起电话，这是特警察打来的长途电话。

"你上次来这里做的事情已经有结果了，"警官告诉他，"我们已经抓到在沙滩上留下脚印的那个短趾人！"

第十二章 飞 人

警方的工作速度让汤姆震惊。"感谢你，警官！"他说，"你们怎样找到嫌疑人的？"

"这应该归功于好运，"警官回答说，"我们检查宾馆的客人以'曼'拼写结尾的人的名单，几乎一下子就找到了这个人。就在这个人游泳回来时，前台工作人员发现了，并指给侦探，顺便告诉你一下，他的名字是伊利·罗德曼。"

"能介绍一下他的外貌吗？"汤姆问。

"好的，年龄31岁，黑头发，高1.8米，体重62公斤，他说自己是快克电池公司的推销员。"

"快克电池公司！"汤姆重复着这个名字。

"这个名字对你有特别的意思？"警官问。

"是有特殊意义！快克公司正在开发一个新的产品，和我们要开发的相似，这个公司的董事长已经给我们制造过麻烦了。现在罗德曼跟你在一起吗？"

"在隔壁的办公室，"警官回答说，"让他在分机上和我们来个三方会谈怎么样？"

"好主意！"

过了一会儿，汤姆听到拿起听筒的声音，接下来就是一大堆

不满的牢骚,嗓音很高而且显得很生气。

"罗德曼先生,请不要激动,"汤姆说,语气缓和,"现在还没有指控你什么呐。"

"那么,为什么把我抓起来呢?"推销员怒气冲天地问。

"你还没有被抓起来呐,"警官插话了,"我们只是带你过来问话,我建议你与我们合作,这对你们有好处。"

"我已经回答了你的问题,"罗德曼反驳说,"你还想问什么?"

"有人用一封没有签名的信来恐吓我,"汤姆说,"这封信放在沙滩上的一个汽水瓶子里,你能解释一下留下的脚印与你的正好相同吗?"

"不能,而且我也不想解释,我敢这样说,自从到这里后,我的脚印在沙滩上到处都是。如果这是你指控我的唯一证据,请你收一收你的气焰吧!"

"我们需要找到扣押罗德曼先生更多的证据。"警官说。

汤姆问了罗德曼其他几个有关的问题,想在他不经意间抓住罗德曼的把柄,或者说把他与凯恩受到攻击的事情联系起来。但是推销员非常聪明地回避了所有的问题,没有透露出任何有用的信息。

最后汤姆说:"好吧!继续把这个问题追下去也没有什么意义了。"

"也就是说,你可以离开了,罗德曼。"警官有些愤怒地说。

"你们就爱浪费时间!"嫌疑人嘲笑地说,汤姆从电话里听到他摔门而去的声音。

"我确定他就是我们要找的人，"警官说出自己的想法，"在他离开后，我们会派人跟踪他，如果他有什么可疑的行为，我会告诉你。"

汤姆感谢警官对于这个事情及时和有效的处理，然后挂上了电话。霍顿听过这个事情后，非常高兴警官安排了人跟踪罗德曼。这两个新朋友又谈了两个多小时，很晚才分手。

第二天早晨，汤姆全家一起来到工厂，来看零—G实验室首次运行，菲利斯和霍顿也来了。

巴德·巴克利在主楼里见到了他们，"展示的东西都准备好了吧？"他问汤姆。

"马上就好，"汤姆回答说，带着大家向零—G实验室走去，"看起来今天的观众不少呀。"

乔·温克勒以及很多工程师，还有其他的员工都已经围在实验室周围。测试室是透明玻璃的，面积为30平方米，高为4.5米，测试室顶部安有一个汤姆设计的电磁极，室内放了一张桌子、一把椅子、一个长沙发和一些工具。

戴夫·博加特是斯威夫特企业集团的电力工程师，正在对测试室旁的控制面板做最后的调试。

"测试室怎么样了，戴夫？"汤姆问他。

"移动这个控制面板时，这条线会出现松动，在精细调节时，有点儿小麻烦，我想我得核对一下图纸。"

他指的是超敏感电子控制系统，这个设计用来补偿室内任何一个测试物体的微小位移，包括人和其他的一切物体，所以控制必须达到向下的引力和向上的磁力间精确的平衡。

"在这里，把你的螺丝刀给我。"汤姆建议说，然后接好了

电线。

戴夫摇摇头,佩服地笑着:"我不知道你是怎样做到的,汤姆,你非常了解这些问题。"

汤姆只是淡淡地客气了一下说:"不管怎么说,图纸是我画的,我应该知道这些连接点。"

"汤姆,"菲利斯看到这个大的透明墙,瞪大了眼睛问,"你是不是打算在里边克服引力定律?"

"不是的,我只是希望模拟失重时那种无助的感觉,"汤姆解释说,"我穿上实验的衣服,进到里面去的时候,我的身体并没有失重,只是看起来有些像失重。在脉冲磁场中我的衣服会让我飘起来,正好与我身体的重量相等。"

巴德笑了,搔着头皮。"我得买个返程票,"他说,"如果你们中间有人认为自己理解了这个设计方法,那就免费进到这个简单的舱里面吧!"

大家都被逗乐了,但是桑迪给哥哥使了一个眼色,说:"我非常理解这个设计方法,你要穿的衣服在哪里呢,汤姆?我想和妈妈先试一下。"

汤姆对着妹妹使了一个眼色,说:"这是火星上最新的衣服款式。请稍等一下,我要去穿衣服了。"

汤姆几分钟后就回来了,他的服装引起了大家的好奇和讨论。衣服从头到脚都让人感觉很奇怪,紧紧的金属衣服看起来像是鱼鳞,在眼睛、耳朵和鼻子的位置都留有裂缝。

衣服是专门给汤姆做的,有些像防弹服,由无数的小软铁圆片组成,圆片固定在衬衣下面的布料上。这些小圆片像是框架上的肉一样,身体粗壮的地方圆片多,在手套的位置上圆片少。

"我的天,我可怜的套马索呀,这像一个移动五金店呀!"乔说,"你要是穿上这种盔甲,可怎么活动呀?"

"感觉确实有点重,不会有问题的。"汤姆呵呵一笑,"但是我希望零—G会改变这一切。"

斯威夫特夫人把一只手放在儿子的胳臂上,"汤姆,这个试验没有什么危险,对吗?"她担心地问。

汤姆拍拍妈妈的手,然后回答说:"啊,妈妈,我不会给自己上电刑的,假如你担心的话。如果我感到有不舒服的地方,我会告诉爸爸把电源关掉。"

"那就祝你好运,汤姆。"斯威夫特夫人说。汤姆按照预先的计划向控制面板走去。

汤姆进了零—G实验室,关上了门,然后示意爸爸接通电源,现在他被封闭在一个空间测试室里。

汤姆感到一种神奇的漂浮感,身体很轻,他想迈步走动,让他感到惊讶的是,他被从地面上轻轻地抬起,现在他被悬在半空中了。

"我想,我知道怎样摆脱这种状态。"汤姆对自己说。他把头向后仰了一下来了一个空翻,这个力量让他落在了地上。

汤姆意识到自己必须掌握一种新的走路方式,他在地面上拖着脚迈步,身体向后倾斜,样子和小丑一样。看到这种奇怪的行为,观众们哄堂大笑。

汤姆也觉得自己的这种状态非常可笑,让他们等着看下一步吧:他跷起脚,向天棚上跳,他在天棚上用手走路!他用一根手指推了一下,自己就来到了墙边一侧,他在这里用手和膝盖向下爬。

第十二章 飞人

汤姆知道他的零—G实验室非常重要,在零引力下训练宇航员的成本是很高的,原本需要在绕着地球飞行的火箭中好多小时的时间,现在,他的宇航员可以在这个零—G测试室中学习克服失重的基本运动。

汤姆的紧张感消除了,他想他的试验真的很有趣,他让自己来到房间的一侧,然后顺着墙面向上走!

观众们屏住呼吸。"汤姆·斯威夫特是空中飞人!"巴德大声地说。

汤姆头朝下在天棚上走动时,观众惊奇的喊声越来越高。

乔·温克勒掏出他的红色印花大手拍,紧张地擦着额头,他惊恐而又好奇地看着。"我可怜的达蒙镜呀,"他大声说,"这简直就不是人类能做的事儿了,汤姆从这里出来后,怎么分辨上和下呢?"

汤姆来到房间的另一侧,平静地从墙上走下来,然后躺在长沙发上,但由于身体是漂浮的,在沙发上没有压出痕迹。由于他没有施加任何力量,所以他被沙发慢慢地弹起,漂到了房间的中央。

汤姆现在把注意力放在了房间里其他的物品上,他坐下来开始写字,每当拿起铅笔时,他都会被反推到椅子上。

房间内的其他东西都是专门为这次试验准备的,里面有一定量的铁,用来对抗地球的引力,轻轻一碰就会让扳手或纸篓漂起来!

最后,汤姆捡起一把锤子,想在一块板子上钉一颗钉子。在他挥舞锤子时,他的双脚从地面上漂了起来,锤子轻轻地落在了钉子上。"我从来没有感到如此的无助。"汤姆小声说。

第十二章 飞人

零—G实验室外面的观众看着汤姆的每个动作后都积极地议论着,大笑着。最后他们看到他站直了身体,告诉爸爸试验结束。

斯威夫特先生微笑着,对试验结果非常满意,他来到控制面板前,但是他的笑容突然消失了,无法搬动开关——卡在'开'的位置上了。

斯威夫特先生使出了所有力气,但是开关仍是不动,巴德也过来帮忙,两个人合力也没能搬动开关!

"控制面板被卡住了!"巴德小声说,他的心凉了半截。观众们感觉到可能出现了什么问题,都凑了过来。

汤姆没有搞清出了什么状况,所以没有讲话,而且他知道隔音的墙外面的人听不到。如果不切断电流,门也是打不开的。

斯威夫特夫人和女生都紧张了起来,他们想起汤姆说过空间病的可能性,如果在他没能离开测试室前受磁场影响过度后会出现什么后果呢?

戴夫·博加特也来到前面帮忙,这时,斯威夫特先生注意到有一道蓝色光正对着总开关。

"我这个儿子呀!"他呵呵一笑,解除了藏在后面的安全设备,"他想得非常全面,只是他没有告诉我这个!"

汤姆从测试室走出来,他需要面对如潮的评价、问题和祝贺。

"你认为宇航员能调整好自己并适应零重力吗?"霍顿抢先问。

"我非常确信,肯尼思,"汤姆回答,"但是我们需要认真训练,形成对失重状态下全新的反应。我想他们可以在零—G实验室中接受训练。但有一点是肯定的,我会到空间站去核查这个测试结果。"

年轻的发明家决定到距地球560千米的高度核查测试结果，一周后他从费林岛起飞了。

火箭像箭一样飞向空中，每一节助推器脱离后都会形成新的推动力，汤姆坐在座位上承受着几倍重力加速度的推力，但他感受的力量并没有过于强烈，他发明的专门用于火箭飞行的引力设备可以大大减少这种推力，他和巴德已经乘坐装有这种设备的火箭环游世界了。

当火箭进入最终的轨道后，这种不舒服的感觉消失了，飞行卡带发挥作用，自动关闭马达。在宁静的太空世界，飞船现在绕地球的飞行速度是每小时27000千米。

汤姆解开安全带后，漂浮到了宇航舱的里面，他现是彻底失重的状态。

在以后的飞行中，汤姆进行了多种试验。他要吃饭、喝水、放松自己，还要使用不同的工具工作。他不时把自己的反应和在零—G实验室记录下来的结果进行比较。

"这一点差不多与我在测试中的无助感很像。"他得意地跟自己说着。他试着向前或向后推动自己的身体，以便完成不同的任务。

火箭返回到费林岛，巴德、汉克·斯特林、霍顿和技术人员都在这里等待欢迎他。

"哥们儿，看到你回来非常高兴！"巴德说，"在上面没变得粉身碎骨吧。"

"在空间里像羽毛一样飞行感觉怎么样？"汉克问。

"非常有趣，得先搞清方向，"汤姆回答说，"在零—G实验

室训练完成后，精选出来的宇航员学会适应空间，只是每人都需要一件和自己体形一致的衣服。"

汤姆、巴德和汉克兴高采烈地搭乘直升机向斯威夫特企业集团飞去。汤姆告诉朋友们，他现在已经准备好用最快的速度开始研发空间站计划。

"这个项目得花多少钱？"巴德问，"用不用广播公司投资？"

汤姆的脸上显出一种奇怪的表情，他说他完全忘记了这个非常重要的细节！

汉克呵呵地笑了，说："这是发明家的特权，我认为。"

回到工厂的第二天，汤姆叫来了琼·里德，他是斯威夫特企业集团的财务总协调员。"目前涉及我们空间站计划的所有部门的预算都加进来了吗，琼？"汤姆问。

"是的，这个数字是总额，汤姆，我马上把预算送过来，但是我得提示你，你一定会被吓一跳的。"

汤姆看到这些数字后，情绪跌到了最低点，他一个人坐在办公室里已经有几个小时了，思考这些数字，纸面上的全部费用无法让人相信——远远高出他的想象。

广播公司对这笔巨大的费用会有什么反应呢？他们怎样分担这笔费用呢？他们还会资助这样大的投资吗？汤姆心里非常不安，他给联合广播网的威廉·布鲁斯打电话，请他过几天安排一个研讨会。

到了7点钟的时候，汤姆准备离开，到大门口去见巴德。"没有开车？"巴德问。

"今晚我想走一走，我脑子里的事情太多了。"他简短地向朋友做了介绍。

巴德吹了一声口哨，然后温和地说："你不是一个人在走路，我们两个好好聊一下这件事儿。天才年轻人，你可能没有意识到你对于这件事情太重要了，你不能在夜里自己走路！"

"好吧，"汤姆大笑着，"你陪着我回去吧，我留你在我家过夜。"

"成交，我的敞篷汽车正好要修理，我们把它放在爱思修车行，然后我们步行回去。"

他们把汽车放在修车行后，抄近路去南湾街，这里比较落后，建筑陈旧，主要是仓库和便宜商品批发店，街道路灯不好，很多的地方没有路灯。

突然，巴德停了下来，脸上有些疑惑。"听！"他说道。

"出什么事儿了？"汤姆问。

"我想我听到有一辆汽车在前面的小巷里停了下来，鉴于我在保护着你——"

汤姆呵呵地笑了，说："可能是卡车在店铺后门卸货吧。"

但是，两个年轻人在走路的时候，保持着警觉的眼睛，进入小巷后，一片漆黑，什么都看不见，但一切都很平静。

两个朋友继续走路，但没多久，巴德觉得自己听到后面有脚步声，他紧张地抓住了汤姆的胳臂，还没有来得及回头，一顿重重的、雨点儿般的拳头便落到了他们的头上！

汤姆和巴德倒在人行道上，失去了知觉。

第十三章　险胜的投票

斯威夫特一家的气氛因汤姆始终没回来而越来越紧张。

桑迪和父母在客厅里紧张地等待着,他们不停地给各处打电话,希望能找到失踪的年轻人,但每个电话都没有结果。

已经快十点钟了,"再给工厂打一遍电话吧。"斯威夫特夫人建议丈夫。

老发明家来到电话室开始拨号,回来以后,他的脸色更加阴沉了。

"没有线索,"他说,"但还是了解到一件事,有人看到汤姆和巴德·巴克利一起坐着巴德的车从大门离开,他们去了修车行。"

斯威夫特夫人开始抽泣起来,桑迪用一只胳臂搂着妈妈的肩膀,安慰她。"他要去干什么呢?"她看到爸爸转身要离开房间时问爸爸。

"我很早就应该——找哈伦·艾姆斯。"

安全主任接到电话后,答应马上寻找,他开车来接斯威夫特先生和菲尔·拉德纳。很快三个人开车来到了零—G实验站。

"我们要从大门开始跟踪他们的行走路线。"艾姆斯说。

跟踪两个年轻人的进程实际上很慢,而且很繁琐,三个人询问很多个修车行才找到了他们去的那家。但找到爱思修车行时，看门人说不清两个失踪的年轻人去了哪里。

突然，斯威夫特打了一个响指，说：“我刚才想起来汤姆有时走一条从肖普顿市区回家的近路，我们去试试南湾街吧。”

艾姆斯沿着昏暗的街道缓慢地开着车，拉德纳和斯威夫特先生用手电筒顺着人行道照着。

突然，菲尔·拉德纳大叫道：“他们在那里！”

艾姆斯来了一个急转弯，靠近路边时停了下来，其他两个人跳下车，汤姆和巴德倒在一个小巷的地面上，斯威夫特先生和拉德纳扶起他们的肩膀，但他们的头抬不起来。

"我们在这里无法让他们醒来，他们需要医生。"艾姆斯说，从车上跑了过来。

三个人脸色阴沉，嘴唇紧闭，把两个失去知觉的年轻人抬上汽车。艾姆斯飞速把车开到斯威夫特家，大家把他们抬到床上，马上请了医生。在医生没有到达前，两个年轻人开始恢复知觉。

两个人头晕得很厉害，但还能回答关于受到攻击的问题。"我和巴德是被偷袭的，"汤姆含糊地说，"我们没有看到偷袭者。"

爱默生医生到了，他仔细地检查了两个年轻人，处理了他们头上的伤口，他一边把器具放进黑色的医疗箱，一边说："轻度脑震荡，他们需要静养几天。"

拉德纳和艾姆斯此时回到了南湾街，他们带着手电筒仔细检查小巷中可能的线索，非常明显，他们是先停下车，然后把两个年轻人拖进小巷的。

第十三章 险胜的投票

"两个人从两侧分别下车,"艾姆斯低声说,"你可以看到来往的脚印,这些脚印一定是偷袭年轻人留下的,因为——"

突然他停了下来,在留下一串脚印的泥土中捡起一个东西。

"这是什么?"拉德纳问。

艾姆斯把这个东西举到手电筒前,这是一个电路上使用的小电阻。两个人交换了一下眼神,双方都有一些惊恐。

"你认为这是一个暴徒掉下来的?"拉德纳问。

"一定是,或者是这小巷里的汽车留下的。"

"说明他们是科学家或是技术人员,至少有一个人是。"

艾姆斯点点头说:"非常有可能是快克电池公司的罗德曼,他被警察抓了以后一定想要报复,或者是发射导弹的外国特务。"

"现在怎么办?"

"我们给这些车辙和脚印取石膏印模。"

第二天,汤姆和巴德认真地听取了艾姆斯的汇报,但这个安保主任告诉汤姆,国外线索无法取得进展,而且无法找到罗德曼来确印脚印。他的公司说,他在外面出差,但不告诉我们他在哪里出差。

"但是,总有一天,"巴德说,"我们会找到这些家伙的,然后让我一个人来对付他们!"

虽然斯威夫特夫人和桑迪对他们无微不至,但两个年轻人觉得待在床上有些无聊。菲利斯·牛顿常来看他们,给他们带来一些水果和书籍。

在爸爸的帮助下,汤姆用了很多时间准备给他的宇宙朋友要发的信息,乔·温克勒在一个下午也过来了,正好汤姆写完了最后一个符号。

厨师惊讶地看着,然后说:"这个看起来像是一头公牛的什么?"

汤姆还没有来得及解释这个符号的意思,巴德狡黠地抢着对乔说:"汤姆的宇宙朋友在套捕野公牛时遇到了麻烦。"

乔哼了哼,他对斯威夫特一家人眨了一下眼睛,但板着脸对巴德说:"他们一定是吃了某种当地的草,你还真不能相信地上的或天上的这些动物!"汤姆和斯威夫特先生一下子笑了出来,巴德也有些不好意思地笑了。

斯威夫特先生后来把这个信息发出去了,请求火星人再发一次他们上次发送的信息。

到这个周末,爱默生医生宣布,汤姆和巴德已经完全恢复了健康。周一的时候,汤姆、他的爸爸和肯尼思·诺顿在斯威夫特办公室与广播公司的团队见面。

"你们的预算为我们准备好了吗?"布鲁斯先生着急地问。

汤姆在墙上展开了一个图表,说:"我的所有数据都在这里,我把它们分解开来,这样大家可以看清项目的每个部分所需要的费用。"

汤姆一点点介绍这些数字,想减轻可能的冲击。尽管如此,他从客人们的脸上看出,他们对这笔巨大的费用还是感到非常惊讶。

保罗·贡特尔先生是一个大块头、有些秃顶的执行经理,他清了清嗓子,皱了一下眉头开始说话了:"坦诚地说,这个数字比我们预期的高了很多,我不敢说我们公司会同意。"大家低声议论起来,这些广播业的人士开始讨论这件事做还是不做的

第十三章 险胜的投票

问题。

汤姆听到他们的议论,感到有些灰心,如果无法激发出他们的热情,那么这个计划就可能无法进行下去!"先生们,"他插话说,这时他已经有了一个主意,"我想给你们展示一个空间站的整体模型,大家可以边看边思考我们的计划。"

他打开一个大箱子,从里面取出一个闪亮的银质轮状的卫星,介绍每个部分的设计。他展示这个空间站应该怎样建设,有三个部分上面安有精巧的电视和无线电的天线,用来接收信号,然后再把信号送回到地面。

斯威夫特先生插话了,强调利用空间发射站可以实现无线电广播大踏步地发展。他还强调了一点,电视广播的发展,将会促进电视工业快速发展,所以这个计划的收益会是几倍的。

汤姆看到有些人被深深地打动了,但还有些人仍是怀疑地皱着眉头。年轻的发明家和爸爸交换了一下眼神,意思是再努力也没有意义了!

汤姆有些伤心,但是还不能承认失败。在绝望中,他决定试试最后一个办法——用书面的形式而不是口头的形式投票,这样的话大家不会相互影响。

"先生们,我建议大家在就这个计划投票时,在一张纸上写上'是'或'否',大家不要签名。"

"这听起来很公平。"贡特尔先生同意说。

汤姆给大家发纸和铅笔,在大家写下他们的表决时,汤姆焦急地等待着。然后他收上所有的纸条,开始唱票,肯尼思·霍顿计票。

投票的结果是8比5,8票赞成继续这个计划。汤姆取得了胜利。

"我非常高兴，投票是这样的结果。"布鲁斯先生说。

委员们离开以后，斯威夫特先生搂过汤姆的肩膀，并祝贺他，说："这件事做得非常好，佩服你应对这些人的办法，孩子！"

"你真是把这个计划从火坑中救了出来，"霍顿说，"如果没有秘密表决，投票的结果可能不是8比5！"

"现在，我可以放松了，"汤姆说，"接下来，我们就是认真工作了。"

"我认为，你应该先飞一趟空间站新的发射点。汤姆，"斯威夫特先生建议说，"我想听一下你对发射地点的布局有什么看法，然后你可以用当地工人开始安装工作。"

汤姆非常愿意去这个岛，两天后，他乘蓝天女王向太平洋飞去，和他一起去的有巴德、肯尼思·霍顿和一些技术人员，飞行实验室的舱位里装满了设备和材料。

这个银质大飞机，靠着其核动力发动机平稳飞行，飞过大陆，速度比声音还要快，很快他们来到广阔的太平洋上空了。

傍晚的时候，汤姆已经准备在发射点着陆了，向下看去，这个郁郁葱葱的热带岛屿，位于闪着蓝光的水域中央，有一块像绿宝石一样。轻柔的白色海浪撞在外面的珊瑚礁上，泛起泡沫。

"噢，天呀，我已经可以感受到南海岛屿的神奇了！"巴德从飞机中走出来时感叹道。

汤姆和他的朋友们乘车来到了这个小岛的另一端，这是斯威夫特先生租借下来的地方。迎接他们的是当地的工作人员，他们是斯威夫特先生上一次来这里时雇用的。这里已经建起了一个巨大的仓库。

第十三章 险胜的投票

这些当地人体格健壮,皮肤被太阳晒成了古铜色。他们大都非常友好,但有一个叫巴利的人长相和性格上有些不同。这个人看上去总有些生气的样子,脸也是总绷着。汤姆注意到,好像有一些人很听他的话。

"我对巴利的信任不比我扔石头远多少。"巴德后来说。

"同感呀,"汤姆表示,"但我没有理由开除他,如果开除他,就会引起麻烦。"

"把这个事儿交给我吧,"巴德说,"我们盯着他,看看他想做什么。"

汤姆忙着为来自肖普顿的人建宿舍,为设备建库房,巴德漫不经心地和当地人混到一起工作。他很快意识到,如果不懂当地语言,他能发现的东西是很少的。幸运的是,他最终和一个性格比较好的当地年轻人交上了朋友,他叫基普,给巴德做翻译。

那天傍晚,巴德看到巴利和一群朋友离开了工地。于是他叫来了基普,准备跟踪他们。他们远远地跟在后面,发现这些当地人在一个草房附近坐了下来,这里是一片露兜树。巴德和基普偷偷地来到附近,听听他们在说些什么。

巴利正在用当地语言训斥一些人,突然,基普抓住巴德的胳臂,看着他,满脸恐惧。

"跟我来!我们必须快点回到你的朋友那里,我担心有麻烦了!"

第十四章 吓坏的当地人

汤姆在棕榈叶房顶的小房子里核对货物清单,这时巴德和基普突然闯了进来。

"出什么事儿了?"汤姆问。

"我们是来提醒你的!"基普大声说,眼睛瞪得很大,还有些害怕,"巴利要制造一个大麻烦。我听他说,你和你的朋友是邪恶的,你们要向天上发射火箭,这会激怒自然神。巴利告诉岛上的人们,一定要消灭你们,否则岛上就会降临疾病!"

"火箭发射般的阵势呀,"巴德也很惊讶,"我们该怎么办?"

"让大家都动起来,是不可能的。"汤姆说。

"但是你已经听到他们在说什么了。"巴德强调说。

"一个词儿我都没忘,但是爸爸已经全面调查过这些人了,他们的忠诚是没有问题的。"

"巴利的情况呢?你认为他也忠诚吗?"

"他只是一个烂苹果,"汤姆承认有坏人,"但是如果到了必须摊牌时,岛上的警察会预防可能的麻烦。"

巴德紧张地把脸绷起来了,他嘟囔着:"我仍然认为这种状态很危险。"

第十四章 吓坏的当地人

汤姆朝墙角的一个装着商品的篮子走去,从里面拿出来小饰品和一些颜色鲜艳的衣服,递给了基普。

"拿着这些东西,谢谢你的好意,如果再听到别的东西,请你来告诉我们。"

接下来的一周里,没有人制造麻烦的迹象,汤姆把全部精力都放在了建设火箭基地上了。每天都有新的人和设备进来,工作的进展也很快,很快发射场地已经初具规模了。

汤姆仔细检查设备的每一个细节,肯尼思·霍顿已经通过了零—G实验室,在组装空间前哨站时看到了宇航员要穿的奇怪衣服,感到非常好奇。这些宇航服是由金属线紧密织成,用来对抗巨大的压力,里面和外面都包裹了一层人工橡胶,实现彻底密封。头盔是金属的,面罩是由淡淡颜色的透明塑料做成的,这样宇航员可以看到外面。头罩上还有无线电设备,用来和其他宇航员谈话。

"我觉得,穿上这东西真像一个外星人了,"霍顿大笑起来,"给我再讲讲这些东西。"

汤姆解释说,每一套宇航服都有自己的氧气供应和空调系统。

"这些都是有必要的,对吗?"肯尼思说。

"很必要,如果在太空中发生了意外,你想逃命的话。"汤姆回答说。

"举个例子说说?"

"好的,假如有一块陨石把空间站的某个墙壁砸出一个洞,宇航舱中的空气都会跑出去,维修人员必须在临时的真空中工作。如果没有这样的衣服,这些人就会发生爆炸性的减压。"

"是呀,"肯尼思说,"他们肺里的空气会爆炸,血液会在血管中沸腾！想起来就让人害怕！"

"这就是为什么所有的事情都要提前考虑好的原因。"汤姆说。

他现在给肯尼思展示一个小设备，是他为这次计划设计的单人火箭，每个火箭都有一对像机器人一样的机械臂连在一起，可以从内部控制，用来操纵空间里的工具和物体。宇航员在连接前哨站或在外面工作时，将靠这些小型的火箭在里面"飞"来"飞"去。

"我试一下这件宇航服，可以吗？"霍顿问。

"穿吧，"汤姆笑了一下，"在我们起飞以前，我得学会穿上这些衣服，现在穿也是可以的。"

他帮助肯尼思穿上这件看起来很奇怪的服装，然后把头盔戴在他的头上，并把头盔与脖子上的接口连好。霍顿穿上这样的服装笨拙地走动着，心里非常高兴，他用手势告诉汤姆他要回到自己的宿舍，他想在镜子前看看自己的样子。

汤姆呵呵地笑着继续核对物品清单，没多久他听到了一声让人毛骨悚然的尖叫。

他赶紧把写字板放在一边，从自己的小屋中冲了出来，在他面前出现了非常离奇的一幕。

在一个穿着怪异的"宇航员"面前，跪着一个当地人，吓得眼睛瞪得很大。霍顿站在那里一动不动，显得有些尴尬和无助，这个当地人跪地叩拜，高声大喊着"饶恕我吧"。

汤姆还没有来得及做点什么，其他的当地人都跑了过来一起叩拜。汤姆想阻止他们，但没有效果。

汤姆大喊着找基普，基普跑了过来，汤姆给他迅速地解释事

第十四章 吓坏的当地人

|103|

情的缘由后，说："告诉他们，这是我们工作中需要的一种特殊服装，穿衣服的人和我们都是一样的人！帮助他们理解这件事情！"

这时有一小群乱民围拢过来，基普用当地语说了一大堆安慰的话。然后汤姆为了安慰大家，让霍顿取下头盔，并脱下宇航服。

当地人慢慢地安静下来了，散开回去做各自的工作了，但是他们原来的那些友好的笑容不在了，取而代之的是不信任的表情。

巴德更加担心了。"听着，机长，"他警告说，"你应该再筛查一次每一位当地人。给他们讲一下发生的事情，如果有人接受不了，那就让他离职。"

"好吧，"汤姆同意这种做法，因为霍顿在部队时给新兵当过教官，汤姆让霍顿给大家讲讲这个内容，基普当翻译，"我相信这些人会习惯在这里看到奇怪的形象。"

巴德还是没有汤姆的那样自信，吃过午饭后，他和肯尼思·霍顿跟着汤姆去检查发射场了，这里已经建起了一个小的混凝土掩体，技术人员正在安装电控设施和设备。

"计划一旦开始，我们每天都会发射火箭。"汤姆告诉朋友们。

一共有12枚火箭，每一枚火箭将成为轮状空间站的一根"辐条"，辐条很像一个小圆柱体，这些圆柱体将是火箭飞向外空的中心部分。接近轨道时，这些中心部分与火箭分离，成为空间站的一个部分。其他的火箭就是常规的货运火箭，搭载原材料和设备。

以后，火箭会按照穿梭时间表往返于发射点和前哨站

之间。

巴德呵呵一笑,说:"我现在就能听到调度员的声音了,火箭在第9发射台准备起飞。"

那天天黑以后,三个朋友打算到外面放松一下,他们来到岛上最北端的一个古朴的贸易村。基普坐着吉普车来了,他给他们当翻译。

村子里的泥土街路弯曲而狭窄,靠火把和油灯照明,到处挤满了人。当地人穿着色彩艳丽的衣服,与穿着脏兮兮的白布衣服的农民、来自贸易船上的水手混杂在一起,他们的船都停泊在码头上。

汤姆和朋友们从一个商店逛到另一个商店,品尝当地的美味,有鱼、山芋和山药。他们还买了一些木刻和染色的塔拍纤维布,准备给斯威夫特夫人和女生们带回去当作纪念品。

霍顿突然大喊起来,说:"简直不可能,那个人是罗德曼——是我在海滩上看到的家伙!"

第十五章　囚　徒

罗德曼在发射点！霍顿指着一个身材细高、黑头发的男人，他正在贸易商店里站着，汤姆和巴德一下子愣住了。

"你确定他是罗德曼？"汤姆紧张地问。

"绝对是！"肯尼思回答说。

刚好在这个时候，又有一件事让汤姆震惊了一下，从人群中走出来一个人，加入了罗德曼。这个人一看就知道力气很大，长得有些像大猩猩，穿着条纹水手套衫。他的胳臂很粗，面部凶狠，下巴很大——这个形象让年轻的科学家永远不能忘记！

"大猩猩！"汤姆倒吸了一口气。

这是他第一次找到了快克销售员和向他发射导弹的那些人有联系的证据！

"快过去！我们抓住他们！"巴德大声说。

嫌疑人听到了巴德的声音，他们转过身来，看到他们几个年轻人，然后向街上跑去！

汤姆和朋友跟着追了上去，但是弯弯曲曲的街上挤满了慢悠悠走的人，他们只能窜来窜去，就像在足球场上受到拦截一样。

"我觉得他们躲到这里了！"霍顿大喊着，指着一个看起来有些脏的饭店。

第十五章 囚徒

四个人冲进了前廊,掀开过道串珠门帘,进到里面,屋里响着叮叮当当的如同铁皮声的钢琴音乐,还有水手和当地人聊天的声音。

这时一个胖胖的外国店老板走了上来,汤姆问他是否看到两个人进来。"对不起!他们没来这里!"这个外国人告诉汤姆,使劲儿地摇着头。

"也许我们得自己找人了!"巴德快言快语地说。

巴德不顾老板的反对,径直走进厨房和后屋,然后又回到了过道上。

"我们今天的运气不好!"霍顿小声说。

汤姆转头准备告诉基普到当地人中间,看看他们是不是看到了那两个人。

接下来半个小时的时间里,汤姆和朋友在村庄里到处搜寻,到每个商店和饭店里面查找。但是最后他们还是放弃了,然后回到原来停车的地方。

汤姆并没有着急。"这两个人在这么小的岛上是藏不了多久的,"他告诉其他人,"我会请警察在巷口和飞机场布上岗哨,确保他们无法离开。"

巴德正要启动汽车,这时有一个人从黑暗中向他们跑了过来。

"是基普!"汤姆大声说。

这个当地男孩非常兴奋,他说在汤姆进入饭店时,他看到了那两个要追的人,他自己跟在他们的后面,一直追到沙滩一个没有人住的地方。

"我看到他们登上了一只船——一艘非常好的摩托艇!"

基普报告说，"由一个本地人驾驶这个摩托艇。我想阻止他们，但是几个人用枪指着我！就这样他们快速地从水上逃走了！"

汤姆让基普给大家带路，去看看沙滩上的那个位置，等他们到达的时候，水上一点儿光亮都没有了。

"大家能猜到他们去哪里了吗？"汤姆问。

基普耸了耸肩，说："可能是莫阿纳，这个岛在东边。"

"我们驾驶蓝天女王去看看怎么样？"巴德建议说，"我们可以用你爸爸的巨型探照灯。"

汤姆打了一个响指说："好，我们出发。"

他们重新登上吉普车，在崎岖的土路上飞驰着向岛上的飞机场开去，消失在黑暗之中。几分钟以后，汤姆坐在控制面板前，这架巨型飞行实验室飞了起来，向海边飞去。

巴德来到飞行尾部的实验室，取下巨型的探照灯，这是由汤姆的爸爸发明的，功率很大，可以照亮很大的面积，与白天差不多。

巴德戴上了护目镜，保护好眼睛，然后接通电源，蓝天女王在水面上飞行，他用探照灯前后搜寻着。

他们搜寻了方圆几千米后，巴德用对讲机说："我们没有找到什么东西。"

"估计你是对的，"汤姆同意巴德的说法，"摩托艇一定是把两个嫌疑人送到海上飞机了。"

"飞机可能飞向A国了，"副驾驶说，汤姆调转飞机向小岛飞去，"不管怎么说，如果他们在这里给你制造麻烦，汤姆，我很高兴他们走了。"

第十五章 囚徒

"我们会通知警察的。"年轻的发明家说。

在蓝天女王接近海岸时,它的巨型探照灯还在水面上搜寻着,基普大声说:"这里有一艘摩托艇!"

汤姆降低了飞行高度,想看清这艘优美的摩托艇和驾驶员,他躲着耀眼的探照灯光。

"我们接下来该怎么办?"巴德激动地问。

"让他先自由一会儿,"汤姆回答说,"基普明天能找到这个家伙。"

飞机降落后,汤姆马上给警察打了电话,但是第二天早晨,他得到的报告是罗德曼没有在西海岸的任何地方着陆。

吃过早饭以后,汤姆派基普去找那个驾船的人,基普中午饭前的时候回来了,带回了一些消息:这个当地人叫拉尼,与罗德曼和"大猩猩"没有关系,他给一个有钱的种植园主打工,船是种植园主的。两个陌生人要求他把他们送到一架海上飞机上,于是他就把他们送了过去。

"如果拉尼没有问题,基普,"巴德说,"那么,当那两个人用枪指着你的时候,他为什么一声不吭?"

"拉尼担心我要抢这两个人。"基普解释说。

那天下午汤姆用短波和爸爸联系并告诉他这件事。"听起来好像是他们在密切盯着我们。"斯威夫特先生说,"我会告诉哈伦·艾姆斯。他和拉德纳,以及警察们还在调查这个案子,但是他们还没有找到发射导弹的人的线索。"

汤姆还告诉他爸爸,火箭基地的工作进展得很好,他给妈妈、桑迪和菲利斯都发了信息后,挂断了电话。

"如果这两个人雇用一条船回到水上飞机,那么,首先他们是怎样上岸的呢?"

汤姆略有所思地扶着自己的下巴,说:"你已经接近关键点了,我们再回到那个小村子,看看能不能有别的发现?"

巴德同意这个观点,他们一起开着吉普车离开了,汤姆在一个仓库前停了下来,他进到一个大棚屋,他注意到巴利正在搬一些很重的口袋,口袋里面装着建造空间站用的绝缘材料。

这个满脸阴沉的高个子男人从来到这里的第一天开始就没有惹过麻烦,基普认为他这个人现在是可以信任的。

但汤姆很想知道巴利现在的工作。"为什么你要搬动这些袋子呢?"他问。

巴利友好地看着汤姆回答说:"你这里的很多袋子由于温暖潮湿的天气已经长霉了。如果把它们这样摆着,空气流动就会好一些,它们就会变得干燥。"

汤姆看到他把口袋横竖交差地摆着,满意地点点头,这样中间会留出很多蜂窝孔,里面会有空气。

"工作做得很好,巴利,谢谢你这样做。"

汤姆走开了,他对这个人如此积极地工作有些疑虑,另外,他听到巴利的外语很好,也感到惊讶。

吃过早饭,汤姆在自己建立的实验室里工作,巴利来到他这里,跟他说他有一些事情需要跟汤姆私下交流。他解释说,这件事情是机密,于是两个人并排走出了住地。

"听说我读过书你一定会非常惊讶。"巴利先说话了。

汤姆耸了耸肩,说:"我真没有想到你的外语能说得这么好。"

第十五章 囚徒

巴利迟疑了一下。"其实我不是岛上的人。"他停了下来，看了一眼汤姆，然后急匆匆地说，"我本应该加入你的宇航员小组。"

汤姆有些惊讶，告诉他所有的宇航员都必须经过严格的筛选，但岛上没有这些设备来对他进行测试。

"那么好吧，"巴利坚持说，"等你回到A国时，我也想同你一道回去，接受这些测试。"

汤姆更加糊涂了，巴利看起来非常真诚。他的体质很好，身体很像运动员，而且知识很多，非常有可能成为一名优秀的宇航员。

但是汤姆还有些不放心，他直觉认为巴利另有所图。他们又向前走了一会儿，汤姆说："坦诚地说，我不太理解，巴利，你在这里过得不快乐吗？你没有技术，为什么想要参加我的宇航员小组呢？"

巴利苦笑了一下，说："谁说我没有过这方面的学习呢？我曾经想当一个工程师，听了这个你是不是对我改变看法了呢？"

巴利慢慢地说出了自己的故事，一个亲戚把他送到A国的一个大学学习，但他不好好学习，而且很粗野，所以被学校开除了。

巴利讲述着这些的故事，他们来到了人很少的沙滩上。棕榈树的树叶散乱地垂落在水面上，汤姆注意到有两个被绑在一起的当地的独木舟，被拖到沙滩上了。

巴利接着说："现在，也许你会明白我为什么——"

他突然停下说话，嘲讽地大笑起来，这时两个当地人从后面扑向了汤姆,并用手捂住了他的嘴。年轻的科学家扭动着身体挣扎着,但无法摆脱这些突袭者。

"所以——聪明的、年轻的汤姆·斯威夫特自己走入了我们的陷阱。"巴利笑了一下,"人们说经验是傻子的学校,但你永远不会有机会从这些课程中受益了。"

这些人把汤姆按在沙滩上,把他了绑起来,并堵上了他的嘴。他们把他的衣服扒了下来,只给他留下内裤。连推带拖地把他弄到独木舟上,再把独立舟拖进水中。

这些人跳进另一个独木舟上,用最快的速度划桨,离了海岸。

第十六章 海上漂泊

攻击汤姆的人,有条不紊地划着桨向远处划去,他们和汤姆不说话,也不看他一眼。

年轻的科学家绝望地意识到,船桨每划一下就是降低一些被救的可能性。他想挣脱绑着自己的绳子,但他的一切努力都没有意义,还差一点把独木舟弄翻了。

这些绑架他的人一连划了大约一个小时,然后就像听到指令一样,他们停了下来,任凭小船漂在水上,过了一会儿,他们重新划桨,然后又停了下来。

汤姆觉得他们的行为有些奇怪,等到他们开始第三次划船时,他挣扎着坐直了身体,向水面远处瞭望,突然他找到了这些人如此做的原因了。

他们在等待着能把他漂走的水流。

汤姆在绝望中使出浑身解数挣脱绳子,累得全身都是汗,可最后他还是失望地坐在了船底。

"千万不要惊慌,"汤姆告诫自己,"你必须保持思路清晰。"

他的大脑飞转,思考着跳脱的办法,这时当地人看到了水流。后面划船的人从腰里拔出一把刀,切断了绑着汤姆船的那条绳子，两个人调转船头，向岸边划去。

两人消失在远处，汤姆再一次感到失望。他不明白为什么他们不杀掉他。这时他想起来基普给他讲过的故事，当地人害怕阿夸库斯，或者叫作鬼，这个传说中说鬼一定会回来找这些谋杀他的人。

汤姆躺在小船里，顺着水漂流了一会儿，最后他坐直了身体，他想必须找到一种方法松开自己！如果漂得太远，想得到救援就更加不可能了，因为小岛离海洋航道太远了。

重新挣扎着坐直身体后，他开始全面检查独立舟。他转过身来，发现在他的身后有一个闪亮的东西，汤姆内心一喜，这是一块碎玻璃镜片——也许是他自己的人送给当地人的！

"运气太好了！"汤姆想，他的心怦怦地跳着，他小心地一点点移动身体，最终用指尖摸到了这块玻璃，然后他开始了漫长、艰难的工作——他用这块玻璃一束束地锯断绑着他手腕的绳子，天都已经黑了，他才把绳子锯断。

汤姆的手终于能自由了，他把堵嘴的东西取了下来，大口地呼吸着清新的海上空气，然后他解开了脚上的绳子。

汤姆搓了搓自己的脚和手腕，他对眼下的状况做了一个估计，他看了看天空的星星和远处岸边微小的灯光，他知道自己还在顺流漂着，离小岛越来越远。他现在没有船帆也没有船桨，他的情况每分每秒都在变得更加无奈。

"我必须离开这个水流！"汤姆小声说。

他想起来了当地这几个划桨人的办法，考虑到漂浮的因素，他估计需要向东游出3千米，才能逃出这个水流。

他拾起缆绳，把它系在腰上，绳子的另一端系在船头上，他

第十六章 海上漂泊

从船的侧面跳下了水。

海面上已经刮起了凉爽的晚风,但海水碰到皮肤时感觉非常温暖,他缓慢而轻松地划着水,顶着水流向东游着,身后拖着独木舟。这样游泳是很累的,连续游了半个小时后,汤姆回到船上休息了一会儿。

整个晚上,他艰难地在水中游着,累了就休息一会儿,最终游出了水流。这时他上船躺下睡着了。在他醒来的时候,天上的星星已经变淡,太阳已经升上了天空。

接下来就是最危险的部分了,汤姆看着天越来越热,"这些歹徒会派人来侦察的。"他自己思考着。

天空像擦过的铁一样明亮,太阳光直接照在他光着的肩头,像鼓风炉一样的火热。为了防止阳光的直射,他尽可能留在船下的水里。他不停地用那块玻璃碎片向海岸照射,以便引起人们的注意。

此时的火箭基地里。知道汤姆没有回到营地,巴德和肯尼思·霍顿马上组织搜寻,现在已经是早晨了,但还没有找到人影。

在那个棕榈叶房顶的房子里,也就是汤姆生活和工作的办公室里,巴德召开了一个会议,到场的都是基地的A国人,斯利姆·戴维斯也来了,他是斯威夫特的飞行员,刚好前一天驾货运飞机过来。

"到目前为止,我们还没有找到汤姆的任何线索。"巴德严肃但有些郁闷地说。

霍顿问:"你昨天去城里有什么结果吗?你发现罗德曼和'大猩猩'方面的线索没有?"

巴德用手搔着浓密的黑头发，泄气地摇头说："有几个人在海滩看到他们登岸了——至少他们看到两个符合特征的，他们认为这两个人是我们这里的人，所以当时也没有引起他们的注意。船划走了，没有人注意到这船是从哪里来的。"

"他们上岸后去哪里了？"

"我也不知道，镇上只有一个旅馆，他们没有在那里登记入住，其他的地方也找了，但没有找到。"

鲍勃·杰弗斯开始说话了，他是斯威夫特企业集团的一名年轻的机械师，已经通过了宇航员考试："那个叫巴利的家伙有什么情况？你是不是说他回来以后搞什么把戏了？"

"我今天早晨分析过巴利，"巴德回答说，"但他说昨天下班后再也没有看到汤姆。"

"如果你问我，这里只有一件我们可以做的事情，"戴维斯插话说，"我们应该马上通知岛上的警察！"

这时，肯尼思·霍顿指着窗外说，"基普回来了。好像他有什么消息！"

这个当地人一下子冲进了棚屋。"我给大家带来了一些消息！"他上气不接下气地大声说，"船从海滩离开了，船主找不到船了。"

巴德一下子跳了起来，由于激动把椅子都弄翻了。"一条船！我们原来为什么没这么想呢？马上行动，肯尼思，我们开动滑行船去看一看！"

滑行船是一架小型的直升机，载在蓝天女王上。滑行船很快起飞了，上面坐着巴德、肯尼思·霍顿，他们在水面上飞行。

他们绕着小岛飞行了半个多小时后，霍顿眨着眼睛喊道：

第十六章 海上漂泊

"巴德,我看到有光在闪动!我估计有人用镜子发信号!"

巴德降低了飞机的高度,向闪光的方向飞去。"是汤姆!"他高兴地大声说。

几分钟后,直升机接近了独木舟,放下保险绳把汤姆拖到了滑行船上。

"哥们儿,看到你怎么能不高兴呢?"巴德大声说,看着他这个疲惫的朋友,全身都被太阳晒伤了。

汤姆喝了几大口保温瓶里的水后,精神了很多。他告诉大家发生的一切。

"这只卑鄙的老鼠!"巴德听完巴利诱使汤姆被抓后怒吼着,"等我抓到他!"他咬紧牙,挺起肩膀,这个年轻的飞行员要动真格的了。

"对不起,巴德,但你真的不能动他,"汤姆说,"至少不是现在。"巴德有些不解地问汤姆,但汤姆接着说:"这件事不是巴利一个人做的,我想抓住他所有的同伙,现在得想一个办法。"

"怎么办?"

"你要装作没有找到我,我藏在直升机下面的机舱里,等巴利离开以后我再出来,然后我们跟踪他。"

直升机落地后,巴德和肯尼思一起回到了营地,看起来心事重重,很快基地就传开了:他们没能找到汤姆,也没有找到的独木舟。

巴利下午偷偷地溜出了基地,汤姆、巴德、肯尼思和两个警察跟在他的后面,进了一个小山里。大家看到他进入了一间草房,他们爬到附近去听他们的动静。

巴利进了草房，里面两个劫持汤姆的人站了起来和他打招呼，他用当地的话说了一会儿，然后大家都满意地笑着。

但是他们的笑声很快结束了，巴德、肯尼思和两个警察围在了窗户和门口，他们惊得乱了阵脚。

"非常好，巴利，你是罪有应得！"巴德微笑着说，"这两名警察已经把你说的话翻译给我们了，遗憾的是你不会得到你刚才提到的那笔钱了，因为汤姆现在还活着。"

汤姆走了进来，巴利大怒，抓起一根棍子向汤姆冲了过来。巴德挥起右拳，重重地打在他的腮上。巴利倒在地上，警察这时也进来了，控制住了两个当地人。

"现在，巴利你最好交代，而且赶快交代。"汤姆说，"你要受到绑架的起诉，如果你把你知道的东西告诉我们，我们会省去很多麻烦。"

巴利费了很大的力气才慢慢地站起来，这一拳实在让他受不了。

"好吧，"他嘟囔着，"我把一切都交代了吧。"

第十六章　海上漂泊

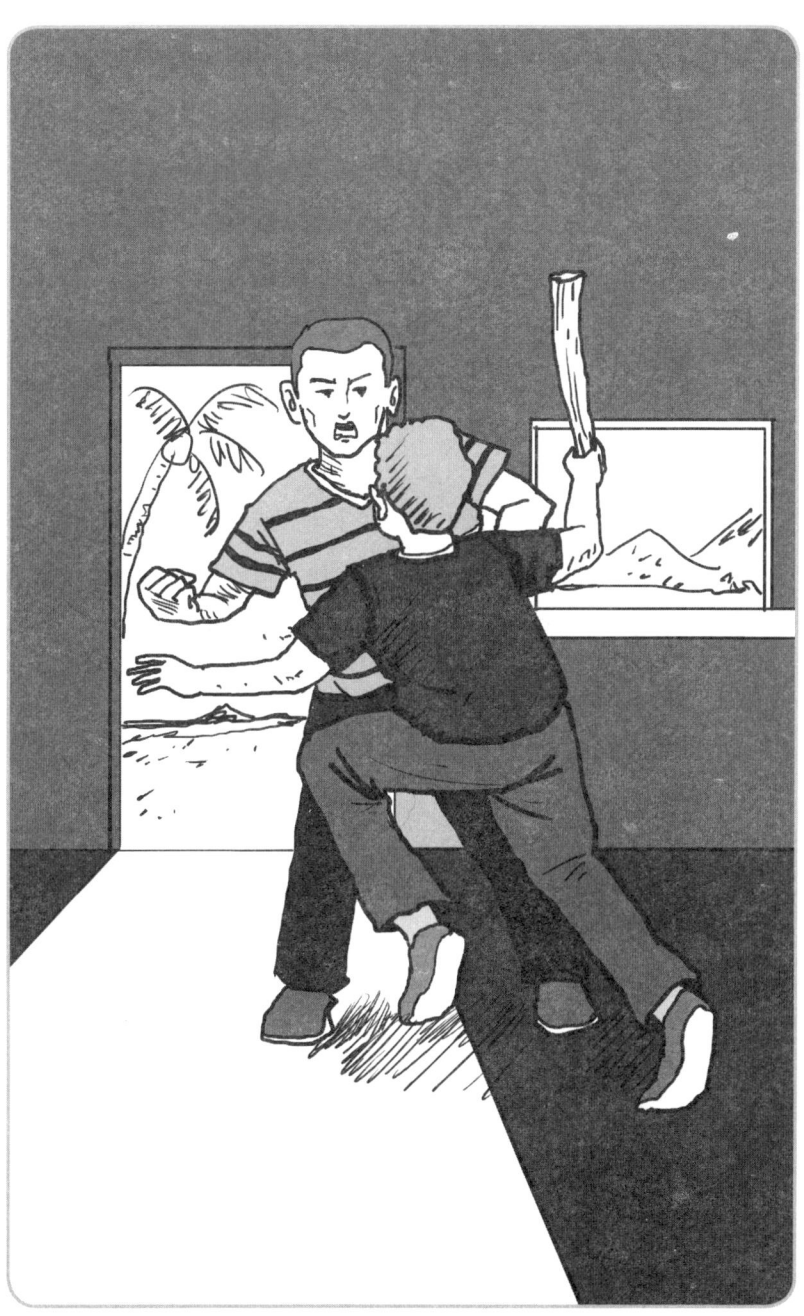

第十七章　藏匿滨海区

如果巴利说的是真话，汤姆高兴地认为，他可能找到了迷局的答案。

这个人在一个木制长凳上瘫坐了下来，说："我告诉过你，我是一个工程师，我在A国的一个工厂工作，但是被老板开除了。为了报复，我把工厂的设备炸了，警察抓了我，把我送进了监狱。出狱后没有人雇用我，后来有一个人出钱让我来到这。"

"雇你的人是谁？"汤姆问。

"他叫布兰克——斯坦尼斯·布兰克。"

"这个人长得什么样？"

巴利有些发抖，说："如果你看到他的脸，你永远不会忘记的，他的下颌很大，他的眉毛像两只甲虫，体型很像大猩猩！"

汤姆和巴德相互看了一眼，原来是那个"大猩猩"！

"布兰克想让你做什么？"汤姆问。

"煽动当地人并制造麻烦，他希望我挑动他们攻击你的人。"

"是吗？"

巴利耸了耸肩，说："当地人不想攻击你们，所以布兰克告诉

我去雇用一个独木舟船夫,把你弄到海上去,接下去的事儿你就知道了。"

"布兰克为什么抓我呢?"汤姆看到巴利停下来时试探地问道。

这个人的眼睛露出了恐惧,"我——我——我不太确定。"他有些口吃了,继续说:"但我的确知道——他是一个很危险的组织的头目,与布兰克是同一个民族的人,他们都非常狂热——有些疯了的样子!按我的理解,他们想铲除除他们国家以外其他所有国家的顶极科学家!"

巴德转过头来,惊恐地看着汤姆,说:"这比我们想象的还要疯狂!"

汤姆略有所思地点点头,也有些焦虑:"在哪里能找到这伙人?大家有主意吗?"

巴利耷拉着脑袋停了一会儿,然后说要纸笔。汤姆把笔递过来了,又从自己的笔记本上撕下了一张纸给巴利,巴利把地址写在了纸上。

"我第一次见布兰克时,这伙人在这个地方藏匿。"

警察给这三个人戴上手铐带走了,汤姆对巴德说:"马上行动,我们赶回营地,我要把这些情况汇报给情报局,然后我们两个飞到那里!"

他们很快做好了旅行准备,几个小时后蓝天女王带着汤姆、巴德和肯尼思飞行在太平洋的上空。这个银质飞机当天下午飞到了金门大桥附近,汤姆到达机场上空,绕过控制塔,优雅地降落在地面上。

他们三人向机场大楼走去,这时一个高个子男人向他们走来,这个人是特工,叫彼德·斯图尔特。

彼德快速做了布置,然后告诉汤姆:"我们已经把汤姆提供的地址包围起来了,眼下还没有收网,长官认为应该等你们到达现场后,再开始行动。"

"我很愿意去。"汤姆回答说,"咱们马上出发!"

他们坐上政府官员的车,向集合地点出发,地点位于海滨区一片空库房的一个办公室。

汽车停在这些房子的前面。"这是藏匿的最好地点,"汤姆看了这里说。

"是呀,"斯图尔特说,"而且还有很多的房间,可以藏匿枪支和炸药,你打来电话时我们就已经派人监视了这个地方,但到目前为止,还没有见到里面有人活动。"

特工告诉他们三个人留在他的身边,然后下令向里面包抄。他们要求开门,但是里面没有反应,于是他们破门而入。斯图尔特冲上了正面的楼梯,汤姆、巴德和肯尼思紧随其后。另一组人包抄了后面的楼梯,还有两个人检查防火运货卷扬机。

二层楼的办公室是空的!架子上、抽屉和文件夹里都已经空了,说明原来待在这里的人紧急离开了。

"我最担心出现这样的事儿。"斯图尔特苦笑着说。

"但是谁把消息传给他们的呢?"巴德有些迷惑不解。

"我的直觉告诉我,在我们跟踪'大猩猩'的那天晚上已经有人用短波告诉他们的这些朋友了,"汤姆回答说,"他太聪明了,绝不会冒险让巴利说出什么。"

汤姆感谢特工们的帮助,彼德·斯图尔特答应,如果自己的人

第十七章 藏匿滨海区

发现新的线索，就会与斯威夫特家里的人联系。接着三个人到巴德家做了一个短暂的拜访，然后就飞回肖普顿去了。

第二天早晨，汤姆来到自己的办公室，特伦特小姐告诉汤姆说，有一个政府的宇航员代表团希望汤姆尽快和他交流一下空间观察站的事情。年轻的发明家建议特伦特小姐把见面的时间定在第二天下午三点钟。

很快到了第二天下午三点钟，这些科学家来到了汤姆的办公室。阿莫斯·哈洛博士是这个代表团的团长，非常和蔼可亲，眼睛炯炯有神，满头白发。

汤姆首先介绍了他的计划，然后给大家展示空间前哨站模型。他指着说："这两个部分是设计用来做天文方面工作的。其他部分中，有两部分是用来做太阳能电池的，这三个部分是用来做商业广播的，这个部分是用来做政府广播的，这个是用来做医疗的，这个是我私人的实验室，这部分做我们的卧室，这部分是饭厅和娱乐。"

"设计得非常好呀！"哈洛博士评价说，"现在我给你展示一下我们的空间望远镜。"

他展开一卷设计图，说："你可以看到，光学元件只需要用金属线网连接进来，沉重的镜片在宇宙中是没有重量的，所以把它们固定好就足够了。"

与地球上巨大的望远镜相比，空间望远镜就小多了，但是哈洛博士解释说，空间望远镜，虽然小但可以得到更清晰的天体图片，因为没有地球大气的影响。

"想象一下，天空向我们张开了双臂！"白头发的科学家激动地说,"我们能够研究银河中的尘云,还有那些奇怪的、爆炸的超新星。如果幸运的话,我们会了解到火星的生命——也许可以解开宇宙形成的谜底。"

汤姆的脉搏也激动地跳动着,他几乎等不及要马上完成他的前哨站了!老科学家高兴地介绍如何安装望远镜后,他们就准备离开了。

"我们会在发射点见到的。"他们分手时说。

科学家走了以后,汤姆开车回到了主实验室。正在忙着安装空间站里空调的工程师们,要求见汤姆。

杰克·格雷迪看到汤姆高兴地笑了一下,他是主任工程师,说:"我们的氧气供应问题,基本解决了,这得谢谢你爸爸!"

"使用小球藻吗?"汤姆问道,他是说那种绿色的植物。

"是的!我们刚好做完试验,在强阳光下,三罐这种植物就可以吸收50人排出的二氧化碳并提供给他们需要的氧气!"

"非常好,罐子有多大?"

"五平方米,深度是3厘米,"格雷迪回答说,"我们把这几个罐子放在了房顶。"

"湿度问题如何解决?"

"我们正在解决这个问题,"格雷迪指着窗户对面的几个人说,这里是封闭的实验舱,里面有很多雾气一样的气体。"根据我们的估计,一个人每天需要两升的水,其中有一半通过呼吸或蒸发排到大气中,我们可以把这部分收集起来,进行净化再利用。"

"其他的部分我们也得收集起来,我想,"汤姆说。

"是的,每个人大概是1升。"

汤姆若有所思地扶着自己的面颊，说："这样说来，我们可以节省运送冰块的集装箱重量。"

格雷迪打了一个响指，说："汤姆，就是这个意思！冰在空间站融化时，还会带走空调系统的热量！"

汤姆拍了拍格雷迪的后背，笑着说："哈哈，这是今天我应做的事情了！"

在汤姆回到自己办公室的路上，经过零—G实验舱时停了下来。巴德正在控制板前面，旁边的舱里有一个人试穿了鱼形试验服装，正在半空中滚动和扑腾，他是在适应这种失重状态。

"应该是乔在里面！"巴德大声说。

汤姆笑出声来，"我应该能看出来是他！"

两个男孩在乔出来时已经笑得不行了，乔取下金属头盔时，罗圈腿无力地摆动着。

"这个混账东西比我骑过的最差劲的野马还要差！"厨师忧伤地说，"我到现在也没有弄明白，在空间中没有弄清自己该如何做饭！"

"你不会有太多的饭要做的，"汤姆告诉他，"送上去的食物大都是提前做好的或是冰冻的，你需要做的就是用电热炉把他们热好。"

乔不满地说："这就是对我自豪的农场厨师的侮辱。"

这个厨师说完这些话后，一下子改变了话题说："我可怜的有蓬流动炊事车呀，我差点儿忘了给你们看我收到的一封信，汤姆！它会让人发疯的。"

第十八章　致命的骗局

"什么信？"汤姆问，看到厨师一脸紧张的表情有些迷惑不解。

"就是今天早晨来的信，我想你最好看一下。"

在离零—G实验室不远的地方是一个更衣间，所有接受训练的人都在这里换上测试服。乔带着他们来到这里，衣钩上挂着一件艳丽的黄绿相间的西部衬衫，他从口袋里取出一封信。

写信的字体有些潦草，内容如下：

亲爱的乔：

我听说你在为斯威夫特工作，所以我认为有责任给你写信提个醒。昨天我的老板和一个研究火箭的人一起聊天，请相信我，我听到了很多关于汤姆·斯威夫特的事儿。乔，这个男孩应该是疯了，因为只有疯了才可能想做这个空间站。

这个军人说，他知道了汤姆建造火箭的方法，这些火箭在没有落到地面时就会爆炸。我的老板说，他听说W城正要去调查此事，他希望W城把汤姆·斯威夫特的项目停下来，以防造成更多的伤亡。

那么，哥们儿，如果你很聪明的话，你最好拉着你的流动炊事车马上离开，告诉你的所有朋友都这样做。按我的建议做吧，不要搅进那个可恶的空间站建设中去，否则你就要被炸到天上去了！

你的老朋友，本

汤姆看到这封信感觉很震惊，问道："本是谁呢？"

乔抓了抓光秃秃的脑袋。"这个只是整个事情的一小部分，我有六个叫本的朋友，我弄不清是哪个本写的这封信！"停了一会儿他补充说，"当然我会和你们在一起的，不管这封信是谁写的，你们飞到月亮上我也跟你们在一起！但我想知道这个警告信的后面是怎么回事儿！"

汤姆皱起了眉头，说："乔，写这封信的人是想制造麻烦。"

"否则的话，"巴德说，"他就是一个真疯子。"

乔把信递给了汤姆，汤姆很快把信送到了安全办公室。艾姆斯和拉德纳读着这封信，很生气，他们两个人都认为信的目的是恐吓，就是想破坏汤姆的计划。

"我觉得这很像罗德曼这种人做出来的事儿，"艾姆斯皱了一下眉头，"我会马上去检查一下，看看工厂里是否还有别人也收到了类似的信件。"

汤姆决定马上给快克电池公司的董事长打电话，问一下罗德曼的情况，他很快接通了约克的电话。

"噢，你想怎么样？斯威夫特？"他怒吼着。

"我打电话是想问一下你的一个营销员，一个叫伊利·罗德曼的人。"汤姆说。

"他怎么了？"

"你最近有他的消息吗？"

约克有些迟疑，说："噢，没有，已经几周没有他的消息了。"

"他还在你那里上班吗？"

"他当然是在我这里上班！"约克很快回答。仅仅通过电话，汤姆也能感觉到对方的牛蛙眼因为生气更加突出，脸变得更红。"罗德曼正在长期出差，就这么简单，我们不会把人拴在链子上的，我们会给他们很大的自由！"

"可以作恶或破坏的自由？"

约克呼吸有些不均匀了，说："你这是在说什么呢，斯威夫特？"他显得有些气势汹汹。

汤姆给他简要地介绍了罗德曼最近的活动，包括他偷偷来到发射点的情况，还提到了他和"大猩猩"混在一起的事情。

"完全是胡说！"约克勃然大怒，"罗德曼是我们优秀的营销员，如果你想让我相信你疯狂的怀疑，那你得换个办法！"

"对不起，耽误你的时间了。"汤姆平淡地回答。

"好吧，为了不浪费你这次打电话的机会，我来告诉你一点东西吧，"约克有些沾沾自喜地说，"关注报纸上的重要启事吧！"他把听筒重重地放下了，汤姆挂断了电话，思考着约克想说什么。

几天以后，汤姆正在吃早餐，他吃着烤饼和培根，这时桑迪跑了进来，她拿着早晨的报纸。"汤姆，快来看！"她惊愕地叫着，并把第一版的内容摆在汤姆的面前，上面的一行大字标题是这样写的：

新的发明将会吸收太阳的能量

汤姆快速地扫读这篇文章，内容是宣布快克电池公司开发了一款太阳能电池，将会给这个行业带来革命。文章引用约克原话，对这种电池的未来大加赞赏，还说电池是在宇宙中获得能量的，但没有进一步的介绍。

汤姆把报纸递给了爸爸，他皱着眉头看着这篇文章。"你看到的那些气球一定是答案，"斯威夫特先生看完报纸说，"实际上，我已经看到报纸上有文章报道最近有人看到一系列的气球。"

这时，菲利斯·牛顿来了，她的眼里闪着怒火，她也看了这篇文章，还看了编者按。

"真是丢人！"她大声说，接着开始朗读编者按。

"当地的百姓非常遗憾地看到，快克电池公司在我们斯威夫特企业集团之前就制造出了太阳能电池。肖普顿一直寻求在自己领域内占据最新科技前沿，但在这件事上，琼·约克和他的团队从大名鼎鼎的父子团队中夺走了桂冠。"

"这简直就是在骂我们！"斯威夫特夫人大声说。

"我爸爸看了这篇文章后非常生气，"菲利斯说，"他说报纸不应该用这种讽刺写评价！"

斯威夫特先生表现得出奇平静。

汤姆把椅子往后一推，耸了耸肩说："这是一个自由的国家，如果约克的电池像他说的那样，他就应该得到很多的利益。"

但是，汤姆内心非常不舒服，在开车去企业集团的路上，他一直在思考着这个报道对他的宇宙前哨站计划会有什么影响。如果约克占领了市场，那么在地球上空35680千米生产电池就不划算了，爸爸公司投入的大量资金就等于浪费了！

汤姆到达办公室以后，马上给在费城的一个做电子工程公司

的朋友打电话,他告诉他现在发生的事情,并希望对方给予帮助:"如果你能弄到快克的太阳能电池,杰里,我们可以先对它做一个测试。我怀疑约克不会把电池直接卖给我们的。"

"没有问题,汤姆!"

为了忘记这些不快,年轻的发明家把自己投入到工作中。汤姆在画板前工作着,有件事是好事,他心里想,计划中所有的事情都进展得很好,他和企业集团的工程师们正在克服一个又一个地与空间站有关的问题。

一天下午,W城打来了电话,打电话的人是公共卫生服务局的马登博士,他是参与斯威夫特计划的一个政府医疗人员。

"你用氧氦混合呼吸的想法看起来不会有问题,汤姆!"他汇报说,"实验的结果是,这种方法可以减少万一出现空气泄露可能造成的危险。"

汤姆挂上电话后心情很好,氦在一般的空气中重量比较轻,所以也可以减少空间站中混合呼吸气体的重量。

汤姆快速来到了实验室主楼,想抓紧开展相关的实验,让他感到奇怪的是,他发现他的空氧气瓶被换成了有艾尔舍公司标签的新瓶,汤姆给供应处打电话。

"氧气瓶是怎么回事,巴尼?"他问,"我发现新的氧气瓶是艾尔舍公司的。"

"这是人家免费给我们的,"这名库房的工作人员说,"好像是他们给氧气瓶设计了一种新型的调节阀,他们希望你来试用,我想你可能不会介意。"

"一点都不介意,我只是问一下,好的,就这样。"

汤姆挂断了电话,检查了巴尼提到的调节阀,该设备与氧气瓶的盖形螺母连接在一起，上面有压力表，阀门上面还有用来固定的螺纹。

汤姆拆开调节阀的线路，把它接到氧气瓶上，然后调整好氧气瓶的压力阀，再打开总阀门，放出少量的氧气。

年轻的发明家有些疑惑，这个设备没有什么特别的地方，只是在外形上有些不同。

汤姆想要关闭气流，但阀门无法转动，他想关上氧气瓶的调节阀，同样也是无法关闭。

这时汤姆感到不适，他觉得四肢瘫软、麻木。他头脑中闪过一个领头，他被骗了。氧气瓶中装的不是氧气，而是致命的气体。

汤姆知道他必须在没有失去知觉前离开房间，但在他努力向前走时，他摇晃起来——脚好像不听使唤！

第十九章 轨 道

汤姆被这种致命气体熏得头晕眼花，跟跄着向实验室门口走去，他用一只手从口袋里取出手拍盖在鼻子上，他的双腿就像灌了铅一样沉重。

"我可能走不出去了！"他想。

这时汤姆记得墙上有一个排气扇开关，只有几步远，只要能够到这个开关！

他跟跄着向前走，他用一只手向上摸索着，拉下了手柄。排气扇开始工作，转动起来。

汤姆感到有清新的空气流了进来，但是氧气瓶中的气体已经灌满了整个房间，他的脑袋痛得像裂开一样，他的身体摇摇晃晃，向前走着，两步，三步，再走一步就到了门口！

抓到门的把手时好像用了一辈子的时间，汤姆用了全身的力量打开了门，摇晃着进到了走廊。时间正好，这时眼前一片黑暗，大铁门在他后面关上后，汤姆重重地倒在地上！

在走廊的另一头，一个工人大喊"救人"，人们从不同的方向跑了过来，斯威夫特先生第一个来到儿子的身边。

"汤姆！出什么事儿了？"他的爸爸叫着，把年轻人的头抱在怀里。

年轻的发明家嘴唇微微地动了一下,说出了一个字,"气……"

这时有人正要打开实验室想看个究竟,"不要进那个实验室!"斯威夫特先生大喊一声。

大楼内的空调环境很快让汤姆恢复过来,慢慢地他的脸上有了血色,他睁开了眼睛。

"现在不要说话,孩子。"

汤姆感到完全恢复过来后,他和爸爸一起来到实验室,这时排气扇已经把室内的毒气清除干净了,呼吸是安全的了。

斯威夫特先生小心地闻了一下氧气瓶,这时还有一丝剩余的气体,他用量管取了一些,加入一些化学试剂,完成这些事情后,他看着汤姆。

"知道这是什么气体吗?"他严肃地问。

"我猜想是某种神经气体。"汤姆说。

"氟磷酸酯,孩子,如果你晚一步出来,你就没命了!"

汤姆不觉全身颤抖了一下,说:"我没想明白艾尔舍公司为什么给我们送来这个氧气瓶。"

"我们现在就能弄明白这个问题!"

斯威夫特先生拿起电话告诉话务员接通艾尔舍公司的老板,汤姆听着他们的谈话,在爸爸放下电话时,他等待爸爸给出答案。

"他对此事一无所知——说他们从未给我们送过氧气瓶。"斯威夫特先生告诉汤姆。

"换句话说,相当于有人要谋杀我!"

父子两人相互看着,都认识到了一个严肃的问题,汤姆的敌人仍在活动,什么事情也阻止不了他们!

"汤姆,"斯威夫特先生坚定地说,"从这时起,你要接受全程保护。"

一天下午,巴德发现乔坐在实验室的门外,他在做专门的保镖。实验室里汤姆正在用一个计算尺工作,他的桌子上到处都是纸,每张纸上都写满了数据和公式,年轻的科学家时不时地停下来把问题输入一个小电脑里面。

"有什么结果,哥们儿?"巴德问。

汤姆笑了一下,用手搔着平头,说:"刚好弄出来火箭上升的轨迹。"

"让人头痛的工作!"

"我们想在35680千米高度的轨道上环绕飞行,关键点是如何让我们的火箭刚好在这一点进入轨道。"

"这点在哪里呢?"

"在正北方,"汤姆回答说,"广播公司的董事们认为这是收发信号最好的地方。"

"把所有的路线都计算出来了?"巴德问。

"马上就完成了,我们先直升16千米,以每小时33600千米的速度飞行。"

巴德吹了一声口哨,表示很佩服,说:"到达这个点以后,我们可以关掉发动机,继续向前滑行。到达最终高度后,我们会绕着地球的椭圆形轨道运行。然后略加一些推力,我们便进入轨道,这时我们就正式开始工作了!能确定我们在轨道运行的唯一方法,而且是最安全的方法是——试着找。"

"你的意思是在正式发射空间站火箭之前,做一个预飞行?"

巴德问。

汤姆点头,说:"我在寻找乘客呐,想申请吗?"

"你可不能把我落下,你这个太空雄鹰。"

"太感谢了,巴德,"汤姆的脸上流露出他对老朋友的忠诚的感激,"我们会乘坐星剑。"

星剑是非常有名的火箭飞船,这是他们两人第一次绕地球自由飞行时赢得的国际奖。汤姆说他已经改进了里面的燃料发动机,现在他们能达到更高的高度。

巴德漫步走到窗前,说:"明天的天气会很好,明天一早我们就开始做这件事儿。"

汤姆刚要回答,特伦特小姐打来电话。"你的一个朋友从费城寄来一个柳条箱,已经到了,"她说,"里面装着快克公司新制造的太阳能电池。"

"安排人把它送到我的办公室吧。"汤姆激动地说。

第二十章　被抓的人说话了

汤姆在实验室里来回踱步等着送来的柳条箱。现在他和巴德一起用凿子撬开上面的木条。

"这么说这是约克的新产品了。"巴德说着，把里面的黑色电池取出来，放在汤姆的工作台上。

巴德在旁边看着，他的朋友把它和电压表连接好，合上了控制板上的开关，指针在表盘上大幅摆动着。

巴德屏住呼吸，说："我这跟你的电池一样的电压呀！"

汤姆点点头，皱起了眉头，说："是呀，对我们来说更糟糕的是，约克已经把他的电池投放到市场上了。等我们开发出来的时候，快克的团队已经是胜券在握了。"

年轻的发明家在自建的测试室里测试电池的老化，这个测试室与他在费林岛上建立的电池老化测试室基本相同。他刚要把电池放进去，拉德纳和艾姆斯报告说，他们要飞到U城，去追踪布兰克和他的同谋者，汤姆祝他们这次会有一些发现。

那天晚上，汤姆在回家的路上情绪有些低落，到目前为止，约克的电池比他期望的好很多，不久他就改变了心态。

"明天就会有结果了，为什么要现在烦恼呢？"

第二天早上，汤姆匆匆吃完早饭，开车来到实验室，他麻利地从测试室里取下电线,从里面取出电池,然后他又把控制面板上的电压表接到电池上,指针很无力地摆动了一下,电池没电了。

汤姆轻松地叫了起来,很明显,快克的工程师们没有克服电池快速放电的问题。相反,汤姆的电池可以经受住严格的考验,它可以在多年内保持充电状态!

为了确定自己的观察结果的正确性,汤姆接下来拆开快克电池,分析里面的每一个部件。他非常投入,已经过了中午饭的时间,也没有停下来。他发现约克的产品中已经采用了科学家发明的一些新材料。

"但是他们的脱敏剂几乎没有作用。"汤姆得出这样的结论。

这时突然有女生说话的声音:"你的电话不好用了吗,哥哥?"

他惊讶地抬起头,看到桑迪和菲利斯正站在门口朝他笑。

"我们从一点开始时就给你打电话。"菲利斯边说边假装皱起眉头。

汤姆的眼睛闪着光,说:"说实话,今天早上我把电话关了,这样就不会受到干扰,我忘了把它打开了。"

"看看这个心不在焉的天才吧!"菲利斯开玩笑地说。

"好吧,我的脑袋可没有那么聪明,"汤姆笑着说,他用抹布擦着手,两个漂亮的女孩都坐在汤姆的工作台上了。"接下来,"汤姆说,"坦白吧,你们不单单是来看我工作的吧?"

"我是想用一下你的直升机。"桑迪一本正经地说。

"当然可以,可以用,是玩儿还是工作?"

"工作,我找到了潜在的客户了,"桑迪的眼睛里透着淘气的神态,"他长得还非常漂亮。"

"巴德可不一定喜欢这件事。"汤姆开玩笑地说。

"哈哈!"桑迪做了一个鬼脸,"菲利斯和我等你和巴德带我们一起去,这样的话我们就可以尽情地玩儿了!"

汤姆笑了,说:"你们让我们也去,但现在得把这些东西收拾好,今天我们四个聚会好不好?吃晚饭、看电影、然后去跳舞。"

两个女生非常满意,问汤姆为什么这么忙,他们听到约克的电池没能超过年轻的发明家的电池后非常高兴。

"爸爸听到这个消息也会高兴的。"菲利斯说。

那天晚上,巴德去找菲利斯,他们两个人一起开车来到斯威夫特家,两个女生都穿着漂亮的舞会连衣裙,她们看着两个男孩,笑着说:"这几个陌生人都是谁呢,菲利斯?"

桑迪开着玩笑说:"白色的衬衫、领带、西服——哎呀,我没认出来你们呢!"

四个人马上就要离开了,汤姆看到家里可视电话上的红灯闪亮了,他赶紧去打开开关,泰德·艾尔海默出现在屏幕上,他是一个海岸的节目制作人,这是从U城打来的电话。

"汤姆!拉德纳和艾姆斯刚打来电话!"他报告说,"他们捉住了一个男子,可能是罗德曼。如果最后能确定下来,他们认为他会交代一些东西,他们希望你马上飞到这里。"

"告诉他们,我会在几个小时内赶到!"汤姆说,桑迪和菲利斯大失所望。

汤姆关上了可视电话笑了一下,说:"怎么能把好事给破坏了呢?我们一起飞到那里不就好了吗?我们先到你家里停一下,菲利斯，告诉你父母，再换一下衣服。"

他们离开牛顿的家以后，又接肯尼思·霍顿，请他去确认罗德曼，然后向企业集团的飞机场开去。

很快蓝天女王就呼啸着向西飞去，速度是每小时1900千米，天空非常晴朗，完全适合降落，年轻人迅速赶往节目间，拉德纳和艾姆斯在这里控制着被抓的那个人。他的一个眼睛下面点青色的擦伤，太阳穴上还斜贴着一块纱布，艾姆斯说这是在一次抓捕中弄的。

"这就是罗德曼，没有问题，"肯尼思说，"他就是我在海滩上看到的那个人。"

这个营销员意识到已经无计可施，于是开始说话了。他承认是自己往瓶子里放的纸条，通过可视电话给汤姆发恐吓信息，还有给凯恩发消息说霍顿是国外特务，还给乔写过假信。

"你原本打算做什么？"汤姆问，"我们看到你和布兰克在一起，你可以说出全部的情况。"

罗德曼耸了一下肩，阴沉着脸说："你们可以猜一下吧，为什么要问我？我被派去鼓动当地人，然后破坏你们火箭基地上的计划。"但是罗德曼否定自己知道劫持汤姆的人，也不知道两个年轻人受到攻击的事情。

"现在告诉我们，你为什么要这样做？"艾姆斯一字一句地说。

"千万不要指望我们会相信你这一切都是为了你可爱的快克电池公司！"巴德嘲笑地说。

罗德曼解释说，他受布兰克的贿赂，想要了解一切关于斯威夫特企业集团的情况。他通过他一个叫赫基的朋友了解到，汤姆

的太阳能电池和空间站计划,这个人用计谋混进了企业集团工厂并得到了一份工作。后来因为赫基工作特别不认真被辞退了,罗德曼就是这样得到了破坏汤姆计划的钱。

艾姆斯不断地问营销员问题。"我们在哪里能找到布兰克?"他问。

"我已经把所有的事情都告诉你了!"罗德曼请求说,"我从不知道布兰克想做什么,而且我也不关心这个事儿,我只求他给我钱。"

"我问你在哪里能找到他!"艾姆斯瞪圆了眼睛恶狠狠地问。

"我告诉过你我不知道!最后一次见到他的时候,因为我不想参与攻击斯威夫特企业集团的计划,他非常不高兴,我觉得他做得太过分了。他把我打了,以后再也没见过他!"

为了证明这件事,罗德曼指着自己受伤的脸。汤姆和艾姆斯交换了一下眼神,看起来营销员说的是真话。

"现在我的工作保不住了,"罗德曼悲伤地说,"约克发现了我做过的事情,把我开除了!"

汤姆觉得已经了解到能了解的一切东西了,告诉艾姆斯把罗德曼交给警察。

第二天早晨,巴德还没有醒来,汤姆就来到了电视制作间,打了个短波电话。在巴德家里吃早饭的时候,汤姆回来了,他宣布了一个令人惊喜的消息。

"我们一起直接飞往发射点怎么样?星剑已经到那里了,已经准备好让巴德和我一起做火箭试验飞行了,我们还需要等吗?"

第二十一章 火箭发射

飞到发射点的建议让菲利斯和桑迪非常高兴。"我们还得问问爸爸妈妈,"汤姆的妹妹建议说,"我想他们想看到你和巴德来一个短期火箭旅行。"

"好主意,妹妹!我往肖普顿打电话。"

斯威夫特先生在办公室里接到了电话,答应他们自己和夫人在发射那天也会来。

到了中午,蓝天女王飞在大海上空,肯尼思·霍顿、艾姆斯和拉德纳都在飞机上。几个小时后,他们在珊瑚礁上落下,然后降落在发射点附近的机场。

两个女生被美丽的小鸟、繁茂的植物迷住了。"真像做梦一样!"桑迪说。

菲利斯马上开始在岛上四处活动起来,汤姆和其他人开始投入工作,艾姆斯和拉德纳负责启动无泄密安全工作。星剑的部件已经由货运飞机运到这里了,男孩子们和宇航员一起开始组装。

夜里大家轮班工作,到了第二天下午,一个四级的红色尾翼火箭已经立在发射平台上,外面有一个轻金属的框架。

"很快就会发射的!"汤姆对巴德说。

第二十一章　火箭发射

两个年轻人在掩体处停了下来,查看着发射控制和雷达跟踪设备,乔治·迪林停下手头的工作,说:"电路已经检查完毕,汤姆!"

"非常好!"

汤姆仔细地检查了火箭的里里外外,汤姆最后一遍详细检查了火箭头部的飞行员舱,又检查了一遍飞行计划,打印了塑料卡带,然后这个卡带输入电脑,飞船将按照上面的指令飞向宇宙。

"我们随时起飞了!"巴德说。

这天早晨的时候,斯威夫特夫妇到达发射点,汤姆告诉他们火箭明天起飞。

岛上夜幕降临,两个女生办了一场海滩送行晚会。借着篝火的光亮,人们吃着当地的宴席,听着音乐。

斯威夫特夫人努力适应这场宴会,汤姆看着母亲有些心不在焉。"高兴一些,妈妈,"他来安慰她,"巴德和我都是火箭老手。"

斯威夫特夫人笑了一下,眼里含着泪水,说:"我从来就不习惯你爸爸的冒险,我想我对你的冒险会更不习惯,汤姆。"她回想起自己年轻的时候,当时她和老汤姆第一次坐上飞机飞行,当时她告诉别人这惊险的五分钟飞行时,每个人都笑她。

汤姆在睡觉前,听了哈伦·艾姆斯的汇报:"武装卫兵会经常在发射区巡逻,天空的同事会防范天上来的攻击,"安全主任指着一群绕着岛上飞行的飞机,夜空上闪烁着无数星星。

"非常感谢,哈伦!我想其他人都能睡一个好觉了。"

年轻人知道的第二件事是,他们半夜醒了,是被一阵奇怪的尖锐的哨声惊醒的，他们惊慌地跳了起来，冲到外面。

巨大的探照灯在天上晃动着，光线锁定了一个从海面方向飞来的不清晰物体。

"那是炸弹！"巴德大叫着。

两个男孩惊呆了，导弹正向火箭基地飞来！

"导弹要飞过去！"汤姆大喊，这时导弹飞过小岛，落在远处的水域，发出巨大的声音。

男孩赶紧穿上衣服，开着吉普车与哈伦会合，飞机也飞向海面上的天空。

"雷达人员跟踪了炸弹的轨迹，"艾姆斯报告说，"导弹一定是从某个船上发射的。"

但是搜寻的飞机没有找到任何船只，汤姆认为导弹是从低飞的飞机上发射的。

斯威夫特夫人有些吓坏了，说："汤姆，你的敌人真是坚决呀，你会不会认为放弃飞行旅行是最好的选择呢？"

汤姆笑了，说："根据今晚的情况，在空中会比在地面更安全一些！"

黎明到来了，卡车来往在燃料灌发射区之间，把酒精和液态氧注入星剑里，火箭周围有一大群机械师工作，检查电线、阀门和泵之类的东西。

很快就到发射的时间了，汤姆深情地拥抱了妈妈，小声地安慰她，然后和爸爸握手。

"一切顺利，孩子。"斯威夫特先生紧绷着脸说。

两个年轻人最后和桑迪、菲利斯吻别后乘升降梯到达火箭的顶端，升降梯现在已经被撤走，每一级的开口都已经被封好。

第二十一章 火箭发射

"雷达汇报!"汤姆向掩体内的人喊话。

扫描天线开始扫描天空,像一个神奇昆虫的巨大触角一样活动着。

"没有问题!"乔治·迪林回答道。

汤姆在驾驶舱内设好了飞行卡带,掩体内的时钟开始启动,两个年轻人把自己固定在了座位上。

在外面,观看的人群紧张地等待着,扩音器里一个声音喊道:"倒数5秒,请撤离发射区!"

时间一点点过去,倒数3秒,倒数2秒,倒数1秒!

地面被雷鸣般的声音震动着!星剑喷出强大的烟雾和火从发射架上升起,开始的时候很慢,然后不断加速,火箭飞入蓝天。

起飞时巨大的推力使得两个年轻人紧紧地贴在沙发上,但是反重力中和器开始发挥作用时,加速度带来的压力就消失了。在火箭向东转向时,他们已经能感到侧向拉力了。

无线电信号定期发射过来。"核对时间!"迪林的声音说。

"125秒!"汤姆报告说。

"核对速度!"

"每小时6000千米!"

红灯在控制面板上闪烁了,发出了一阵阵蜂鸣声,几秒钟后,电子计时枪点火,扔掉一级火箭,这时飞船出现了一些震动。

扔掉的火箭部分的尾部展开了一个金属筛样的降落伞,这节火箭慢慢地漂离,向下面的海洋降落,打捞船会把它带回到发射点奥伊岛。

与此同时，星剑继续向宇宙爬升，很快第二级火箭被脱了下去。两个年轻人在等待着，汤姆看着仪表并回答着迪林的无线电通话，最后，红色指示灯和蜂鸣器显示第三级火箭脱离。

"已经完成任务。"汤姆小声说。

他们现在位于太平洋上空的1600千米的高度，以每小时33600千米的速度向偏东方爬升。

随着脱离枪扔掉第三级火箭，红灯不再闪动，火箭发动机的响声消失，一切变得异常宁静，从这里开始，火箭滑入轨道。

现在的飞船已经不再加速，重力已经消失，汤姆把自己的座椅调到正常的坐姿位置，同时也解开了安全带。

"我的天呀，我是不是感觉到——！"巴德的话还没有说完就漂到驾驶舱的上面去了，让他大吃一惊，他用一只手把自己推了下来，"幸好我在你的零重力实验室中学过一些课程，汤姆。"

在失重状态下，巴德在驾驶舱里高兴地玩耍起来，好像在宇宙中游泳，然后他坐下来透过舷窗向外张望。"哥们儿，看看这个景色吧！"他大声说。

地球就在他们的下面，下面的岛屿和大陆界限非常清晰。

"你还是不要着急，我们还要等四个多小时才能再启动发动机，"汤姆说，"打开示波器，看看我们的宇宙朋友有没有给我们发信息。"

巴德打开了示波器，很快屏幕上面就显示出数学符号。

"巴德！"汤姆说，"他们是在告诉我们有危险！"

"什么危险？"

"我不知道，他们没有解释。"

汤姆按下按钮，驾驶舱上面的透明金属盖重新罩在上面，外

面漆黑一片，满是星斗，两个人没有看到任何危险。

巴德打开了雷达，开始向周围发射雷达波，但是在屏幕上没有显示近处有任何物体的回波。

汤姆有些奇怪，说："我应该理解他们说的内容呀！"

"可能是有敌人在跟踪我们，"巴德猜测说。

"你是说布兰克？"

副驾驶说："也可能是来自其他星球的东西！"

随着时间的推移，星剑飞行的速度已经达到每小时6400千米，警告的信号还在不停地发着，但是两个年轻人找不到危险的位置。

汤姆打开高速轨道无线电高度测定仪，现在星剑已经达到了35000千米，用星际六分仪测定后位置在指定位置的上空，这是最理想的位置。

"等待适应操控！"汤姆告诉巴德，"我们快要到达轨道了！"

几分钟以后，舵向发动机点火，调整到最佳的目标，然后主火箭发动机启动。这时，雷达屏幕的中央闪出一个光点。

与此同时巴德大叫道："这是一个危险！"

汤姆向窗外看了一下，在他们轨道的正前方，有一个未知的星体或是卫星正在向他们高速飞来！汤姆只有不到一分钟的时间避开他的路径。

他在惊恐中取出飞行卡带，抓紧舵向控制杆，改变飞行的路线，但控制杆好像是被卡住了一样。在惊慌中他连拉带拽，但是控制杆还是一动不动。

星剑正在直接朝着前面的物体撞去。

第二十二章　神奇的轮子

马上就要死了,只有几秒的时间了,巴德过来帮助汤姆,他们两个合力搬动控制杆,但是舵向根本不动!

两个男孩傻看着对方,吓得脸都白了,星剑向前飞去,前面的小卫星越来越大。

汤姆咬紧牙,说:"舷外发动机!这是我们唯一的机会了!"

这是星剑动力工厂的核心,他能吸收太阳的辐射,会把液态氧转变成超强的燃料。

"没有办法了!"巴德急促地说,"我们还在加速!新的助力也不会改变我们的航向——这会让我们以更快的速度撞在一起。"

"这种方法可以松开舵向发动机!"汤姆大喊着,"回到你的座位上!"

他用一只手把舷外发动机的拉杆拉开了,火箭剧烈地颤抖着向前飞去,与此同时,汤姆拼死拉动舵向控制,这一次舵向控制能正常工作了!

舵向喷气机可以活动后,星剑加速向上飞去,就差一点点就刮到飞过来的卫星了,它的飞行速度是每秒16千米。

刚才的快速提升后,两个男孩现在喘着粗气,瘫坐在座椅

第二十二章 神奇的轮子

上。汤姆现在几乎没有能力控制燃料阀门了,但是他还是让火箭下降高度,最后靠着舵向喷气机把飞船调整到轨道的方向。

"好危险的夜晚呀!"巴德大声说,"如果保持在轨道上,等它飞回来的时候,我们还会撞到它。"

汤姆笑了,虽然他还瘫在座位上休息,说道:"巴德,我要坦白一下,我把飞行卡带弄错了,超过我们预计的轨道几百千米,现在须回到正确的位置了!"

巴德抱怨说:"你这个追星的老家伙,都追到小卫星上去了。听着,以后你自己一个人坐飞船吧,我可不喜欢交通路口。"

汤姆坐直了身体,拿起了望远镜,追踪着这个小卫星,这个星体都是岩石,而且光秃秃的,这是一个永远消失的小世界,已经被地球捕获了。

"估计上面有什么生命体吗?"巴德问。

"不太可能,巴德,但有一天我们可以在上面着陆看个究竟,"他停了一下接着说,"我想把我们的速度提升到每小时22400千米。"

这个速度能让星剑以两倍于地球自转的速度旋转,这样,他们不会停在同一个地点,的正上方,而是可以在24小时查看完整个地球。

但这又提出来一个新的问题,以这个速度飞行的话,地球需要更大的抓力,否则的话飞船将飞入外太空。为了对抗这一点,汤姆将要调节他的航向喷气机,并给火箭一个向下的推力,这样就能保持它在轨道上运行了。

汤姆取出纸笔,做了一个快速的计算,然后他转动了飞行面板上的一个旋钮,重新设定了航向发动机的控制。

第二十二章　神奇的轮子

为了准备好马上加速，两个男孩固定好自己，汤姆按下了启动键，打开了舷外发动机。指针上升到每小时10000千米，12000，13500……达到最合适的速度后，汤姆关闭了舷外发动机。

"唷！"巴德喘了一口气说，"真是天才的家伙，你的这个装置赶上等值重量的金子了！"

时间一点点过去了，地球在他们的下面慢慢地转动着，美洲转过去了……现在是大西洋……这是欧洲。

汤姆和巴德轮流睡上一两个小时的时间，一个人休息的时候，另一个人观察着，并看着雷达屏幕，时而再看一下轨道飞行指示器。

"我想那个星体只是偶然飞到这里的，"巴德打着哈欠说，他们进入了最后一圈的航程。"我们的轨道没有任何障碍。"

汤姆点点头，说："我认为在发射点的正上方是空间站最好的位置。"

巴德正看着透明驾驶舱，说："有你的这些空间朋友为我们守护安全真是方便多了，真搞不懂他们现在在哪儿。"

"非常有可能在他们的火星上面呐。"

"我也说不清，"巴德自言自语地说，"他们可能——"他突然停了下来，抓住了汤姆的胳臂，叫道："快看！"

在他们后面空旷的宇宙中出现了一个光点儿，正在天空中移动，汤姆大吃一惊。

"这是什么？"巴德有些不解，"是彗星吗？"

"不太可能——不会在这么高的地方出现的！彗星就是落入大气中的陨石，然后会燃烧起来。"

汤姆努力克制自己的兴奋，说："巴德，这可能是一个宇宙飞船。"

突然，这个快速移动的亮点急速转弯，直接向星剑飞来！

汤姆有些不知所措，这可能是他的宇宙朋友想和他接触？或者是来自外太空的危险攻击者？

这个奇怪的物体越来越近，汤姆给舵向喷气机加速，让开路线。这个超大的银色轮子，以极大的速度旋转着，快速通过。

"超速火箭！"巴德大声说，"这个看起来像是你的轮状空间站设计的样子。"

"我打赌，我们的外太空朋友就在里面！"汤姆说，"我们看看能不能联系上他们。"

打开发射机预热后，他开始发射信号，并把这些信号转换成宇宙符号的波形，但在屏幕上没有回答。

突然巴德指着燃料表惊恐地喊到，说："嘿，舷外发动机，燃料表显示燃料快空了，我们必须马上返回地球！"

汤姆也吓了一跳，他意识到危险，他们能否有足够的燃料返回地球？如果不能，在宇宙中不会有人来帮助他们，或者他们无法控制在大气中下落的速度，速度太快会把他烧光的！

第二十三章 看不见的突袭者

"非常好的下降操作！"汤姆用无线电向发射点回话。

他把飞行位置指标反转过来，然后打开了回旋仪，星剑前后反转过来，但同时还在原来的轨道上继续向前飞行。

"回到座位上，系好安全带！"

汤姆看着这个很像兀鹰一样的回旋仪，在飞船完全调整到尾部朝前的位置时，他关闭了回旋仪，打开了舷外发动机。

火箭的发动机启动，火焰向前喷射。星剑在突然减速时颤抖着，随着飞船的快速减速，快速离开了轨道，向彗星一样冲向地球，几乎是在同一时间，火箭的发动机排出最后的火焰，熄火了。

巴德满脸焦急，转过头来看着他的朋友，说："我想我们已经减掉了很多速度，机长。火箭上的燃料消耗得太快了。"

汤姆盯着速度表，说："我们一定能成功，如果我们没有过热的话，进入大气时，我们必须使劲儿刹车。"

星剑以飞快的速度下降，几个小时后就已经快要接近地球了，在它刚一接触到稀薄空气层时，汤姆把控制杆向前一推，两个年轻人产生了奇怪的感觉——重力回来了，就像乘坐快速电梯一样！

"表面的温度多少了？"巴德问。

"150℃！"

由于空气的摩擦，星剑像一颗红红的陨石飞向地球。慢慢地汤姆进入到大气的深层，现在的飞船像一架飞机一样，以超音速滑行，由于空气密度不断加大，飞行的速度不断下降，现在它的红光也消失了。

现在正处在黎明的时候，汤姆用无线电给迪林打电话："现在正在接近太平洋！"

慢慢地速度指针向下摆动着……1050……1000……950……

在他们接近发射点时，喷气飞机一齐飞过来，迎接他们返回基地，不一会儿，星剑安稳地落在岛上的跑道上。

巴德打开逃生舱，两个年轻人高兴地笑着从他们的火箭里走了出来，迎接他们的是一片欢呼和喝彩声。

汤姆的妈妈来迎接他们，流着激动的眼泪笑了，汤姆深情地拥抱妈妈，并亲吻了她。斯威夫特先生紧紧地抓住儿子的手，并表示祝贺。接下来是女生们的表达机会了。

"给我们带回星尘了吧？"桑迪大笑着说。

"只是给你们每个人带回来了一缕月光！"巴德凑趣地说。

"除此之外，还有每个人一个吻。"汤姆补充说，向菲利斯笑了一下，两个年轻人把语言变成了行动。

后来，汤姆给大家介绍了这次开创性的宇宙航行，大家听说没有观测到的那个小卫星后，感到很惊奇。

"谢天谢地，只有一个这样的小卫星。"桑迪说。

斯威夫特先生已经飞回到肖普顿了，答应到家后马上给布鲁斯和其他的广播网人员打电话，第二天很晚的时间斯威夫特先生

第二十三章 看不见的突袭者

给汤姆打了电话,告诉他广播公司老板们同意把空间站建在发射点上。

"现在一切就绪了!"汤姆高兴地说,用力地锤了一下巴德的后背。

"你的意思是我们的探险行程可以开始了?"

"等火箭准备好起飞就开始!"

接下来的几天里,货运飞机穿梭于肖普顿和发射点之间,而且越来越频繁。到了周末,整个宇航员队伍达到了近50人,都已经来到了岛上,其中还有乔·温克勒。

"我可怜的中线补偿器呀,你们在这个小岛上建起了一个火箭发射城了!"他张大了嘴巴看着这个宽阔的繁忙基地,这里有好几千平方米的机器加工车间、食堂、营房和休闲区。这里还有为油罐和救援托船准备的专用码头。飞机库和专用仓库里堆满了储备物资和组装空间站的零件。

这次出发安排在明天上午,这个盛大仪式中,用无人货运火箭把巨大的空间站的大轮子送到了宇宙,巨大的中心轴部分在吃过午饭后进行发射。

"谁会照看这些奇怪的机器呢?"第二个火箭向天空飞去时,乔有些不明白。

"没有人,"汤姆解释说,"它们到达轨道后,就在那里漂着,宇航员到达后,会从这里卸载货物。"

乔摇着自己的腮帮子,不安地摇着头,说:"我还是不明白为什么这些东西在那里不会掉下来,但我猜想,里面的拴马桩就没有用了。"

宇航们用了一个下午的时间检查小型火箭的运行情况,他们将用这些火箭建设空间站。推动力由安装在尾部内置转体上面的反作用发射器提供，通过火箭内部的扳机启动。

"而且还要记住，"巴德严肃地告诉大家，"通过缆绳让这些小家伙们和母船时刻保持在一起，否则的话它们就会在宇宙中被炸成分子。"

吃过晚饭，汤姆对每一个等待消息的人宣布："明天上午发射载人火箭，第一颗火箭将在八点钟发射，由肯尼思·霍顿负责，后继的火箭每12小时发射一颗。"

发射火箭的消息让营地活跃起来，宇航员们更是斗志昂扬地等待着，霍顿和他的宇航员们将会进入有广播部分的那个火箭。

八点钟马上就要到了，汤姆和宇航员们进入了驾驶舱，检查了飞行卡带，然后与周围的人握手，他接着说："这是我们最重要的时刻，我们正在踏上人类历史上的一个最伟大的航程，祝大家好运，我们很快就会与你们会合！"

起飞工作平稳地进行，汤姆和雷达跟踪小组在一起，和火箭交流信号，持续到下午一点时安全进入轨道。

当天晚上八点的时候，第二颗火箭起飞，由汉克·斯特林负责，火箭里面是宇航员的卧室部分。

第二天，按照计划在同一时间发射了两颗火箭，一颗是在上午的八点，另一颗是在晚上八点，上午发射的是空间站的食堂和休闲辐条部分，另一颗是天文观察站，里面将安上望远镜。

"我看到你已经把我们安排好了，汤姆，我们是明天起飞，第5号。"巴德说，这时发射场的烟雾已经散去。

汤姆点点头，说："从现在开始，发射变成常规工作了，我们在轨道上的建设方面将发挥更大的作用。"

第二十三章 看不见的突袭者

乔,这时正好站在他们旁边,开始插话了,说:"你安排我坐7号离开!"

"是的,你在星期五的上午出发。"

这个矮胖厨师饱经风霜的脸上显露一些委屈,说:"哟,我可怜的雷达显示器呀,你是不是让我自己一个人起飞,对吗,汤姆?我离开这个地球的唯一原因就是为了和你在一起!"

汤姆无法反驳乔的请求,笑着说:"好吧,你可以坐我们的火箭飞,明天上午八点起飞。"

乔这回可乐坏了,说:"这次你说的才是最有用的,汤姆!我去收拾我的那些锅去!"

汤姆在掩体内待了一会儿,听着第四颗火箭发来的无线电报告,然后他在黑暗中回到了自己的小屋,巴德这时也走了进来。

"出什么事儿了?"巴德看到汤姆脸上有些不安的情绪问道。

"是'大猩猩',我猜想,我不得不想它会在我们起飞以后搞什么鬼。"

巴德把一只手放在朋友的肩上,说:"放心吧,空间男孩,岛上的防范是非常好的,海鸥要是飞进来都逃不过我们的眼睛。"

汤姆耸了耸肩,说道:"但愿吧,但我还是希望不再出现这种事儿。"年轻的发明家停了一下,思考着皱紧了眉头,问:"巴德,如果你是布兰克,而且想攻击发射点,你想怎样才能通过这个岛上的防御措施?"

"他不能——这是我要告诉你的,"巴德坚持说,"我们有飞机、船和雷达来防范偷袭,那么他们怎么会——"

"等一下!"汤姆从椅子上跳了起来,"就是这个!我们有飞机、船和雷达,但没有防范水下的攻击!"

"呃？"巴德的嘴张得大大的。

"穿上衣服！我们有事儿要做！"

几分钟以后，两个男孩钻进了吉普车，快速向安全营房开去，汤姆给艾姆斯和拉德纳下达了指令："给在掩体内的迪林打电话，调集所有没有在岗的电子工作人员！"

到了午夜的时候，沿着海岸线六个不同站点的声呐设备已经准备好了，工作人员同时启动机器，扫描发射点水下的可能通道。

汤姆和巴德在安全营房中焦急地等待着，不到一个小时的时间，对讲机开始说话了："从珊瑚礁报告，我们检测到一个潜水艇向海湾靠近！"

他们的心脏怦怦地跳着，两个男孩和艾姆斯、拉德纳乘吉普车到达现场，通过耳机已经听不到潜水艇推进器的声音，说明它已经停下发动机，但屏幕上还可以看到一个模糊的潜水艇轮廓。

"它一定是升到水面，送袭击者上岸。"巴德说。

"我们把人员布置好，等他们一上岸，我们就抓住他们。"艾姆斯说。

他们掩藏在一片棕树林里，棕树林周围都是灌木，他们等待着，静静的月光照在海滩上，偶尔传来淡淡的飞机巡航声音和海浪拍在海岸上的声音。

20分钟过去了，30分钟过去了，雷达屏幕上的潜水艇还在水底。

菲尔·拉德纳有些不解，说："他们这是玩儿什么把戏？"

汤姆低声急速地说："只有一个答案，发射点是一个火山岛——这里是一个软熔岩形成的小岛，他们一定在水下准备用炸弹炸毁这个岛！"

第二十四章　水下的危险

人们听到汤姆的话后都感受到一阵恐惧,只用一个炸弹就能把这个小岛炸沉!

"巴德,我们得赶快穿上潜水服,下水找到这个潜水艇!"汤姆催促说,"你想和我一起去吗?"

"没有问题,具体怎样做?"

"找到他们的位置后,我们用绳子缠住它的推进器。如果他们是布兰克的人,我们让他们拆除炸弹!"

"我们行动吧!"

汤姆用短波发出指令,几分钟以后,从附近的码头上开来了救援船。汤姆和巴德穿上潜水服和潜水头盔,带上绳子,悄悄地进入了月光下泛光的水面。

水下的潜水艇像一只无情而致命的鲨鱼,一动不动地停在水底,两个年轻人用粗绳子轻轻地把潜水艇绕在它的两个螺旋桨上。然后,他从腰间抽出扳手,用国际码敲击着潜水艇:"你们是谁?"

他把头盔贴在潜水艇的侧面,但没有回答。汤姆又敲出一遍,同样也没有反应,所以他敲出另一个信息:"我是汤姆·斯威夫特,我们把你们的推进器缠住了,所以你们走不了了,你们没有别的选择了,说出你们是谁吧。"

这回汤姆又把头盔贴在潜水艇的船体上,潜水艇开始震动,它的发动机启动了!一会儿,潜水艇震动得更加剧烈了,推进器发出啪啪的声音后变卷曲了,因为它们已经被绳子牢牢地捆住了。

两个男孩相互看了一下,不明白接下来会发生什么事情。最后,潜水艇从深水中向上升起,同时泛起很多气泡。

他们发出信号告诉上面把他们拖向水面,他们爬到拖船上的时候,潜水艇也到了水面。拖船里的探照灯发出刺眼的光,照在它的瞭望塔上。

舱门打开了,一些人走了出来,眯着眼睛并用手挡着强光,走在最前面的是一个体格健壮、行动粗野的男人。

"'大猩猩'!"巴德大叫一声。

艾姆斯·哈伦发出了紧急命令,拖船靠了过去,这些人爬上了拖船。让大家惊讶的是,他们根本没有打斗的想法,相反他们吓得全身发抖。

"快,时间不够了!"布兰克用他那口音很重的语言喊着,"我们已经把炸弹安好了,不到一个小时就会爆炸!"

毫无疑问,他说的话是真的,和他一起的人都惊恐地看着他。

汤姆快速说:"一定把这个炸弹拆除!炸弹在什么位置?"

布兰克要求和汤姆一起下去,但是艾姆斯和巴德担心他会在水下攻击年轻的科学家,他们坚持所有人跟他们一起下去,这意味着需要取来新的潜水服,这是需要时间的。

汤姆、布兰克和另一个潜水员穿上潜水服,从船侧跳入水中,时间越来越少了。他们在亮度很低的水下缓慢接近炸弹,炸

第二十四章 水下的危险

弹就放在岛上的软熔岩中。在"大猩猩"的帮助下,汤姆迅速地拆下了引信。

几分钟以后,工作人员给巴德取下头盔。"唷!"巴德大呼了一口气说,"在水里我的心都要跳出来了,我担心我会引爆这个炸弹!"

危险已经解除了,布兰克和他的人陷入了悲伤的沉默之中。和所有的狂热分子一样,计划的破产让他们感到绝望。在艾姆斯的追问下,他们讲出了实话,但心情还是很阴沉。

"我们加入了一个秘密社团,"布兰克嘟囔地说,"我们的任务就是消灭A国所有的顶尖科学家。我们现在已经失败了,我们的命也就不重要了,在我们国家等待我们的是被执行枪决,其他什么都没有了。"

"大猩猩"承认他的人向蓝天女王发射过导弹,还向费林岛上投过炸弹。他和其他几个人一起在肖普顿打晕过汤姆和巴德。但有车过来把他们吓跑了。送到汤姆实验室的那罐神经毒气也是布兰克这些人所为。他们还在夜晚向发射点发射过导弹。

"从现在起,你们把炸弹扔到石头堆上吧!"艾姆斯严肃地说。

拖船靠岸以后,艾姆斯和拉德纳把这些人交给了岛上的警察。

"多么美好的夜晚呀!"巴德说,他和汤姆开车回到了自己的小屋,"很高兴你妈妈和女孩们都不知道这件事。"

"这里也没有多少人知道,巴德。"

上午的时候,斯威夫特夫人、桑迪和菲利斯已经来到了发射现场,斯威夫特先生和奈德叔叔是最先到达现场的,所有的人都祝愿宇航员们顺利、成功。

汤姆、巴德、乔和另一位宇航员在飞行舱中把自己系在座椅上，飞船点火升空。像这个计划中的其他火箭一样，在上升中扔下两级火箭，第三级火箭进入轨道，被分成三个部分，中间的部分成为空间轮的一个辐条，头部和点火发动机将结合在一起，在需要的时候，用来把宇航员送回发射点。

今天的旅行进展得很顺利，到达发射点上空35680千米的会和地点时，宇航员们从透明宇航舱顶向外张望。

"我可怜的头戴式耳机，"乔惊讶地说，"我可没看到过这样的景象！"

映入他眼帘的是一片神奇的景象，在外太空的黑色背景上，星光闪闪，不远处有一个巨大的银色轮轴，上面有12个巨大的开口，这里将连接12个辐条，排在轮轴周围的已经有前期发射的四个火箭飞船。仔细看去有很多小的穿着宇航服的宇航员和小型的火箭，并用长长的绳子把它们固定在母船上。这些人用缆绳和绞车把火箭飞船拖到轮轴的开口处。

汤姆打开火箭上的无线电，调整到本地通讯频率上，对着麦克风讲话："呼叫所有的宇航机长，能听到我吗？"他们一个一个地进行汇报。"看到轮轴已经安装好后，非常高兴，"汤姆说。

"是的，但是这些辐条给我们带来很多麻烦，"肯尼思·霍顿接着说，"我们目前一个都没有安好。"

"需要我们来帮助你们吗？"汤姆问。

"现在还不用，先让你的火箭就位吧。"

汤姆很快就理解了汉克和肯尼思，他们没有夸大工作中的难度。舵向发动机的马力太大，近距离摆正飞船很困难。汤姆努力把飞船调整到它的泊位上，但总停不到一条线上或角度不对，有一次他把飞船弄到了舷侧很远的地方。

第二十四章 水下的危险

"唷!"他喘了一口气说,"这是我瞄准最差的一次!"

但最终汤姆在火箭上积累的技术和经验起了作用。

"进入泊位了,哥们儿!"巴德高兴地说。

"效果很好,机长。"汉克·斯特林用无线电说,"你的秘诀是什么?"

"让我们先吃点东西,休息一会儿后,我再告诉大家怎样做。"汤姆笑着回答。

接下来的工作是把辐条焊接好。取下飞船的头部并把它送进中空的辐条的后端,外面穿着宇航服的工作人员再把飞船头部放到30米以外的地方,用作返回发射点的摆渡船。

很快,建设工作进展顺利,辐条一个个地被安到了合适的位置。又有新的火箭被送上轨道,然后被安装到轮轴上,接下来的工作是给不同的实验室和工厂安装设备。

又是一天的工作。"还有一个辐条需要安装,"巴德说。他和汤姆站在一个太阳能电池的顶部,用绳子固定自己,在这个神奇的宁静世界中,他们在铆接时一点儿声音都听不到。

通过汤姆头盔上的透明面罩,巴德看到他的朋友脸上有些不安。汤姆对巴德说:"最后一颗火箭有些晚了。"巴德用无线电回复说:"我们回到飞船里检查一下。"

汤姆细心地调整着航向喷飞机,汤姆向屏幕上显示的物体加速靠近,说:"呼叫第12号火箭……能听到我吗,亚弗?收到请回答!"

但仍没有回答,丢失的火箭慢慢进入视野,不敢看可能发生的一幕,汤姆追了上去,与它并列在一起。

让汤姆放心的是,所有的宇航员都在透明的船舱里面,都还活着,而且安全!

第二十四章 水下的危险

汉森用自己的胳臂当旗语,给他们打旗语,"我们的飞行卡带卡住了,燃料用光了,而且无线电发射器也不能工作。"

"谢天谢地!你们还活着,"汤姆说,"我会通知基地给你们送上一些燃料。"

他们焦急地等待着燃料,已经过去几个小时的时间了。最后他们看到燃料火箭快速进入他们的视野,在他们的上方正好进入轨道,汤姆和巴德穿上宇航服,使用座位上的便携反作用力发射器推动自己,他们从燃料船取下燃料管,把燃料管拖到第12号火箭那里。

一个小时后,汉森的火箭和汤姆的火箭向上方的空间站飞去,汤姆把第12号飞船驶入轮轴的位置,大家进到了轮轴里面。

"喂,其他人在哪里呢?"轮轴里通常有很多人在忙碌着。

汤姆向下一个实验室里面望了一下,这里一个人也没有,他们有些不安了,于是他和几个人一个个房间查看,最后他们在宿舍里找到了工作人员,他们都在酣睡着,有的躺在桌子上,有的躺在床上,什么姿势都有。

"我的老天爷!"巴德说,"这些人都怎么了?"

汤姆的心沉了一下,然后说,"我想他们可能是得了空间病,这是由于失重引起的,到目前为止,这还没有影响——"

发明家的话刚说到一半儿,空间站强烈地晃动了一下。

"嘿,出什么了事儿了?"巴德大声说。

空间轮开始快速旋转,汤姆和朋友们从椅子上被甩到地上,晕了过去。

第二十五章　天空中的前哨站

随着巨大的银色天空轮旋转，由于离心力的作用，这些失去知觉的宇航员被甩到宿舍的另一端。

他们依偎在一起，无能为力，但是汤姆最后微微地动了一下，抬起头。然后是乔和亚弗·汉森渐渐地恢复了意识，慢慢地其他人也恢复了意识。

"我的老天爷！我们得了什么病了？"巴德嘟囔着说。

"我也不知道，"汤姆回答说，挣扎着站起身来，"但是我们得让这个轮子停下来，以防弄坏整个空间站！"

他挣扎着爬了起来，向位于轮轴的储藏间走去，储藏间里面有12个装有火药的动力火箭，这是用来在不同点上发射火箭和两个反作用力发射器。他给自己留下一个反作用力发射器，把另一个递给了肯尼思·霍顿。

"肯尼思，你和汉克穿上宇航服，然后从宿舍的另一侧的空气舱爬到外面，我和巴德从轮轴的另一侧爬到外面，然后我们顺着旋转的方向发射！"汤姆补充说，"在打开舱门时注意系好安全绳。"

"好的，机长！"

年轻人各自穿好宇航装备，然后通过医院辐条的空气闸室

第二十五章 天空中的前哨站

爬了出来。在黑洞洞的周围，星星就像旋转木马一样飞速地转动着。

在舱外，汤姆和巴德紧紧地抓住扶手，一方面站稳身体，另一方面把火箭固定在扶手上。然后他们拿好反作用力发射器，连发一些短的喷射。与此同时，动力火箭开始运行，通过头盔里的无线电通讯设计，两个年轻人与位于轮子对面的肯尼思和汉克同时喷射。慢慢地，旋转的空间站由于发射器喷射的刹车作用停了下来。

年轻人再爬回到轮子里面，来到宿舍区，脱下宇航服。巴德看到这些宇航员，惊喜地叫了起来："我说，大家都不会再恍惚了！我们的医生也不会的。"

年轻的医生布莱恩微笑道，说："你把这个当成对我的一种恭维？"

"不是的，我是严肃的，"巴德告诉他，他和其他人来到空间轮，发现所有的宇航员已经瘫软或眩晕了。

大家听了这个消息后有些不解地问："这是真的吗？汤姆，不是巴德在开玩笑吧？"

"不，他没有开玩笑，不知是什么东西碰到了空间站，所以你们才恢复了意识。"

布莱恩医生笑了，说："如果有人在这里得了宇宙快乐病，那可能是一种非常合适的药物——晃动一下他们。"

"我想你是对的，"汤姆边思考着边说，"时间因素是我没有考虑到的。"他有些不好意思地笑了，然后补充说："可能答案是定期返回地球。下面我们得查一查是什么击中了我们，再去检查一下损坏的情况。"

在开始检查空间轮之前，汤姆告诉宇航员机长们集合起来点名，他想确认一下在这次事故中是否有人受伤或失踪。让他悲伤的是，鲍勃·杰弗斯和另一个机械师不见了！

汤姆在给他的宇航员主官下达命令："搜寻自己的火箭部分——就是自己乘坐的火箭，然后到轮轴这里向我汇报。"

紧张的几分钟过去了，最后一个宇航员机长快速跑了过来说，杰弗斯和他的同伴在广播区，他们被突然的碰撞击晕了，刚恢复知觉。

"最好把他们送到医务室，让医生检查一下。"

就在这时，另一个宇航员机长来了，说："汤姆，有一个东西击中了你的实验室！"

他解释说，当他进入通往实验区的气闸室时，警报已经响了起来，红色信号灯在闪烁。他透过门上石英窗向里面看，知道了原因。实验室的外面被剪掉了，实验室的所有宇航舱里的空间都跑掉了。

汤姆和巴德重新穿上宇航服去调查清楚，除了造成擦伤的损失外，汤姆贵重的科学设备也有一些被损坏，由于燃烧的作用，有很多地方被烧焦了，变成黑色。但是很明显，火着起来后很快就熄灭了，原因是金属材料，而且空气已经丢失了。

"是什么引起的呢？是陨石？"巴德问。

年轻科学家沮丧地点点头。"这一点没有疑问，是陨石让空间站转动了起来，"汤姆看着周围的一片狼藉，叹了一口气，接着说，"噢，好吧，我猜想没有击中宿舍就是最大的幸运了，否则的话我们都已经死了。"

第二十五章 天空中的前哨站

"不要那么沮丧呀,发明家男孩,"巴德同情地说,"我们很快就能把这个地方修好的。"

汤姆回以微微地一笑,说:"主意不错,巴德,我们行动起来吧!"

宇航员采用三班倒的方式工作,被切掉的实验室用三天的时间就修好了。基地发来的货运火箭,送来了氧气和氦气,用来恢复空间站里面的混合空气。

一周以后,第一批技术人员来到这里工作,包括生物学家、天文学家、广播工程师和医学人员。

"我可怜的宇航服呀,这个空间站比蜂窝还繁忙!"乔发表看法,他看到新发送来的火箭上面有很多人下来,他呵呵一笑说,"我的厨房不是世界上最好的厨房,但给这些饿急了的人做饭还是够用的,他们在这里的胃口和别的地方是一样的!"

现在这个巨大的银色的空间站更加气派了,这里的天文观察站伸出一个有网格的望远镜。另一个空间轮上面布满了雷达扫描天线和无线电、电视天线。在工厂区,楔子形的盖子打开了,露出了抛光的镜面,用来捕捉和反射太阳光到太阳能电池的生产线。

几天以后,巴德通过气闸室来到汤姆的实验室,汤姆从他的桌子上抬起头。

"知道我们在这上面待了多长时间了吗?"他问。

"日历已经翻过去一大张了,汤姆。"

"三十天了,这是一段很长的失重的日子,换班的宇航员正在路上,我们可以准备回到地球上度假了。"

"太好了!"巴德高兴地喊着,走出去向大家通报这个消息。

当他们的火箭落在发射点时,整个岛沸腾了。第二天,汤姆和巴德回到家,这里有更沸腾的场面。两个家庭热烈欢迎他们,握手、拥抱、亲吻和相互祝贺。

汤姆出门时,警察努力让欢呼和挥舞彩旗的人们让开一些,人们在为发明家的第一个空间前哨站而欢呼。周围的记者们非常想知道汤姆下一个发明是什么。

"说实话,我还没有想好。"他回答说。实际的情况是,一个记者发表了一个题为"汤姆·斯威夫特和他的潜水直升机"。

汤姆被请来介绍情况,新闻简报和电视摄像给他拍照。汤姆微笑着往天空看了一会儿,然后说,"下一次到那里的时候,我准备向火星飞行,但眼下——你们可以引述我这句话——还是回到地球上好!"